U0017489

THEODORE BOONE
The Abduction

西奧律師事務所

消失的四月

John Grisham

約翰・葛里遜 著 蔡忠琦 譯

【推薦序】
法律就在生活中

法務部調辦事主任檢察官　俞秀端

「艱澀難懂」、「條文繁雜」、「無趣」是許多人對法律的第一印象！事實上，法律是一門有趣的社會科學，它既不需要背誦，也不是用來應付考試的；它是邏輯的推演，是因應生活而產生，是用來保護自己的！法律無所不在。例如在學校上課，不僅是權利，也是義務，因爲憲法第二十一條規定，人民有受國民教育之權利和義務；又如我們到商店買東西需要付錢，這是民法關於「買賣」的規定，可是沒有人讀書時會想到憲法，買東西會想到民法。不過當付了錢但老闆不給東西時，你就會想到法律上的權利。爲什麼？因爲法律就在生活裡，它像呼吸一樣理所當然，一樣重要。

《包青天》、《柯南》或《律師本色》這類法律推理故事深受大家喜愛，爲了增強戲劇張力，劇中常有令人「想像不到的情節」出現。但是日常生活如果有這麼多「想像不到的情節」，那就是「意外」頻頻了。法律生活就如同本系列第一集《不存在的證人》中，西奧．布恩向同學介紹法院的審判時所說：「在電視上看多了法庭戲碼的同學，不要有太高的期待。眞實審判是很不一樣的，一點也不刺激。那裡沒有祕密證人、沒有戲劇性的自白，也沒有律師會上演全武行。」身為法律工作者，很希望有人能以生動有趣但不誇張的筆法，將可能無奇卻不平淡的法庭活動眞實地呈現給青少年，讓大家都能眞正地瞭解法律，體會法律的重要性，進而培養邏輯思考並養成公民意識。而這點，作者約翰．葛里遜做到了！

約翰．葛里遜以縝密流暢的筆法，將現代人所需具備的法律知識及概念，透過西奧．布恩周遭發生的事情生動地傳達。例如由好友愛波的父母離婚，讓大家知道監護權的意義；以山迪家付不出房貸，銀行即將取消贖回權，讓我們瞭解抵押權及破產規定。當然，還透過第一集的故事主軸——達菲先生被控謀殺自己妻子的審判來告訴大家：判決要依據「證據」，縱使所有人都「覺得」被告為了錢殺了妻子，包括法官，但因負舉證責任的檢察官無法提出確實的證據證明被告殺人，陪審團也不能判決有罪（英美國家有陪審團制度，與我國不同），因為「無罪推定」是重要的訴訟原則；雖然西奧想伸張正義，讓罪犯得到應有的懲罰，但他仍得堅守訴訟程序，得想辦法依法定程序將這些證據呈現給陪審團。因為唯有公平公正的訴訟程序才能眞正實現公平正義！

當然，我國法律和美國不盡相同，書中所描述的訴訟程序雖然不會在我國發生，但是如同《不存在的證人》中甘崔法官所說，讓大家「對我們的司法系統抱持濃厚興趣，這對一個好政府而言，相當重要」。希望讀者透過本系列，對法律產生興趣，進而瞭解並參與我們的司法系統，這對法治國家而言，相當重要！

校園好評推薦

學校實施法治教育長期欠缺適合的讀本，一則深奧拗口的法律用詞令人望之生畏，再則枯燥無趣的故事叫人興致缺缺；即使有，過度強調功能性也掩蓋了讀本的文學性。可以說，大多數法治教育的讀本，營養而不美味！但這本書裡形象鮮明、呼之欲出的十三歲少年西奧，卻出面一口氣解決了上述問題。有趣、輕鬆、懸疑、專業、推理、思辯，兼顧文學性與功能性，能夠抓住青少年的胃口，閱讀法律小說幾乎可以做到入口即化，可說難能可貴。

——臺北市明德國小校長、兒童文學作家 **林玫伶**

讀這部小說，讓我體會到「廢寢忘食、不忍釋手」的感覺，好久沒有爲一本書如此著迷了。

故事一開始，十三歲的愛波．芬摩於深夜被「綁架」了。從此，在斯托騰堡這個小鎮，掀起了一波又一波「尋求破案」的震撼。正當警方疲於奔命、不得要領時，主角西奧爲了好朋友，歷經重重困境，不斷運用智慧與毅力，努力搶救好友愛波。

一連串的緊張刺激、高潮迭起，書中主角西奧的「智、仁、勇」特質發揮得淋漓盡致、扣人心弦。青少年讀者讀這本書，不但可以培養其正直、勇氣與智慧的人格，更能從精采的故事中認識法律的知識與意義。

——臺北市康寧國小校長 **連德盛**

本書是一本節奏明快的少年小說，故事中的少年西奧，具有律師家庭的背景，熟悉法院的進行程序，透過進行訴訟中的案件，或同學中生活上的麻煩，帶領年輕的讀者進入法律世界，去理解法律的思考本質，去認識法院的運作程序，去拓展法律與生活中的關連及視野。

每一件訴訟，都是一個故事，都是人生的問題，也都牽動著恩怨情仇與悲歡離合。好看的故事有懸疑，懸疑的故事也吸引大家共同經歷緊張的情節，並且看到解決問題的方法。

——新北市秀朗國小校長 **潘慶輝**

第1章

寂靜的深夜裡，愛波❶．芬摩被綁架了！事件發生在晚間九點十五分至隔天清晨三點半之間，也就是愛波和西奧通話後，到她媽媽走進愛波房裡發現女兒消失無蹤的這段時間。這宗綁架案顯然進行得很倉促，不論那個擄走愛波的綁匪是誰，他並不容許愛波好好收拾行李，因爲她沒帶筆記型電腦，房間還算整齊，衣服卻丟得到處都是，這樣就很難判定當時愛波究竟有沒有時間打包。大概沒有吧，警方是這麼想的。她的牙刷在洗手台旁，背包也還在床邊，睡衣扔在地上，所以至少綁匪願意給愛波更衣的時間。愛波的媽媽又哭又叫，好不容易冷靜下來告訴警察，她女兒最愛的藍白條紋毛衣不見了，還有她最愛的運動鞋也是。

警方明快地排除了愛波逃家的可能性，愛波的媽媽向他們保證女兒絕對沒有理由逃家，再說如果愛波眞的那麼打算，怎麼會沒有帶上一切逃家需要的東西。

快速搜查之後，並未發現任何闖空門的跡象，所有窗戶緊閉且上了鎖，帶走愛波的人離

❶「愛波」名字的原文是April，是「四月」的意思，本集書名援引自此。

開時，還謹愼地把門帶上鎖好。警方先是檢視現場、聽芬摩太太說明，一個小時後，他們決定找西奧來談一下，畢竟他是愛波最好的朋友，況且每天上床睡覺前，他們通常會通個電話或上網聊天。

西奧．布恩家的電話響起，布恩夫婦床邊的數位時鐘顯示現在是凌晨四點三十三分。睡得淺的伍茲．布恩接了電話，而瑪伽拉．布恩則是轉了轉身，一邊想著這個時間會是誰打電話來。「是，警官。」聽到布恩先生這麼說，布恩太太才完全清醒，爬下床，靜靜聽著這段對話的結尾。她很快地理解到這件事和愛波．芬摩有關，但不解的是，爲什麼他先生要說：「沒問題，警官。我們十五分鐘後到。」掛上電話後，布恩太太問：「伍茲，怎麼回事？」

「愛波可能被綁架了，警方想找西奧談談。」

「西奧不會綁架愛波吧。」

「這個嘛，如果他不在樓上，那我們可能就有麻煩了。」

當時西奧在樓上的房間睡得正熟，完全沒聽到電話鈴聲。之後他匆匆套上牛仔褲和運動衫，告訴爸媽他前一天晚上還打電話到愛波的手機，兩個人聊了一會兒，就像往常那樣。

黎明前的黑夜，他們開車穿越斯托騰堡，西奧滿腦子都是愛波的身影、她悲慘的家庭生活、終日爭吵的父母，還有她傷痕累累的哥哥姊姊，他們一成年就馬上逃離了這個家。愛波是三個孩子當中年紀最小的，他們誕生在這個父母雙方都不知家庭爲何物的地方。根據愛波的說法，那兩個人都瘋了，西奧對此深表贊同。愛波的父母都有嗑藥的前科，她媽媽在城外的一座小農場養了幾隻羊，製造西奧覺得很難吃的羊乳酪。她總是開著一輛亮黃色的改裝靈車，旁邊坐著她的寵物蜘蛛猴，到處在城裡兜售羊乳酪。她爸爸是個老嬉皮，他還和那些彷彿八〇年代遺跡的老朋友一起玩地下樂團。他沒有固定工作，動不動就會消失幾個禮拜。總之，芬摩這家人聚少離多，而且她爸媽三句話離不開離婚這件事。

西奧是愛波吐露心事的朋友，她要西奧發誓，絕對絕對不能把那些事說出去。

芬摩家的屋主另有其人，愛波恨透了這間租來的房子，因爲她父母根本就無心維持這個家。那房子位於斯托騰堡的某個老社區裡，陰暗的街道上並列著其他戰後興建的老房子，它們早已榮景不再。西奧只去過一次，那是兩年前的事了，愛波的媽媽爲她舉辦了一個不怎麼成功的生日派對，受邀的同學大部分都沒出席，因爲他們的父母不准，這就是芬摩家的名聲。

布恩一家人抵達時，車道上停著兩輛警車，對街的鄰居們都站在門廊上觀望。

大家都叫芬摩太太的名字「梅」，所以她索性將孩子分別命名爲愛波、瑪居和歐格❷。布恩一家進門時，梅坐在客廳沙發上，正在和一名穿著制服的警官談話，舉止顯得頗不自然。

❷「梅」的英文原文是May，即「五月」的意思。故事中，梅．芬摩的三個兒女的名字也都是月份名稱，如「愛波」的原文是April，意指「四月」；「瑪居」的原文是March，指「三月」；「歐格」的原文是August，指「八月」。

他們很快地介紹彼此，因為布恩先生從未見過芬摩太太。

「西奧！」芬摩太太戲劇性地呼喚著。「愛波被人擄走了！」接著她痛哭失聲，向前抱住西奧。西奧一點也不想要這個擁抱，但基於尊重，他讓對方完成這個儀式。一如往常，芬摩太太穿著輕飄飄的服飾，顏色是淺褐色，材質像是粗麻布。說是洋裝，可能還比較像個帳篷。她將泛白的髮絲緊緊地梳成一個馬尾，儘管她很瘋狂，西奧卻總是震懾於她的美貌。這跟西奧他媽媽大不相同，芬摩太太絲毫不費吹灰之力，就顯得相當有魅力，有些東西是藏也藏不住的。她也充滿創造力，喜歡畫畫和製作陶器，當然還有製造羊乳酪。愛波遺傳了好基因，她有漂亮的雙眼與藝術天分。

等到芬摩太太穩定下來，布恩先生問警官：「怎麼回事啊？」警官迅速簡要地說明案情，目前知道的訊息少得可憐。

「你昨晚有跟愛波聊天嗎？」警官問西奧。這位警察叫作巴力克，西奧之所以認識他，是因為他曾經在法院見過巴力克警官。西奧認識斯托騰堡大部分的警察，還有法院裡大部分的律師、法官、守衛和職員。

「是，長官。在九點十五分的時候，根據我的通話紀錄。我們每天晚上睡前都會通話。」西奧說。人家說巴力克是個自以為是的傢伙，西奧並不打算對這個人有好感。

「真是甜蜜啊。關於現在這個狀況，她曾經暗示過什麼嗎？她有在擔心什麼嗎？還是在害怕什麼？」

不到一會，西奧就陷入兩難的困境。他不能對警官說謊，但也同樣不能透露他發誓絕對不能洩漏的祕密，於是他技巧性地迴避了問題。「我不記得有那樣的事。」芬摩太太不再哭泣，只是緊張地盯著西奧看，雙眼睛閃閃發亮。

「那你們都聊了什麼？」巴力克警官問。此時一名便衣警探走了進來，豎起耳朵聽著。

「沒什麼特別的，就是學校、功課這些事。我不記得所有內容。」西奧旁聽過無數審判，他知道回答問題時，盡量不要太明確，像是「我想不起來……」、「我不記得……」這類句型在很多情況下都是最佳答案。

「你們是上網聊天嗎？」那位便衣警探問。

「不，長官，昨天不是。只是通電話。」西奧和愛波常上臉書，也常傳簡訊給對方，但西奧知道，絕對不要主動提供訊息，只要回答眼前的問題就好。他聽媽媽這樣對她的當事人說過許多次。

「有任何闖空門的跡象嗎？」布恩先生問。

「什麼也沒有。」巴力克說：「芬摩太太在樓下的臥房熟睡，什麼聲音也沒聽到，後來她想上樓去看看女兒，直到那個時候才發現愛波不見了。」

西奧看著芬摩太太，她眼神犀利地回望著。西奧知道事情眞相，芬摩太太也知道西奧知道。麻煩的是，西奧不能說出眞相，因爲他答應過愛波。

事實上，芬摩太太過去這兩天根本不在家。愛波自己一個人住在這間房子裡，嚇得半死。她緊緊關上所有門窗，用一把椅子頂住房門，在床腳放了一根舊的球棒，還把電話移到靠近自己的地方，隨時準備打一一九。這段時間，愛波沒有任何一個說話對象，除了西奧．布恩，而西奧發誓絕不洩漏半點風聲。愛波的爸爸跟著樂團成員出城去了，愛波的媽媽嗑藥嗑到神智不清。

「過去這幾天，愛波有沒有說過要離家出走？」警探問西奧。

喔，當然嘍，說個不停呢。她想逃到巴黎去學藝術，逃到洛杉磯和她姊姊瑪居一起生活，還想跑到聖塔非，開始她的畫家生涯。她想離家出走，就這樣。

「我不記得她說過那樣的話。」西奧說。西奧說的是實話，因爲「過去這幾天」有很大的詮釋空間，這個問題太過模糊，所以他這方當然也沒必要提供明確的答案，這種情況他在審判中看多了。他認爲巴力克警官和這位警探的審問都太過草率，到目前爲止，他們根本無法讓自己吐露實情，雖然他所言句句屬實。

梅．芬摩女士的淚水決堤，再度上演了一齣噴淚大秀。巴力克和那位警探繼續詢問西奧關於愛波的交友狀況如何？是否有任何潛在的問題？她在學校的狀況如何？對這一連串的問題，西奧都給了最直截了當的答覆，沒有半個贅字。

一位身穿制服的女性警官下樓來，走進起居室，坐到再度崩潰、神情痛苦不已的芬摩太太身旁。巴力克警官對布恩一家人點頭示意，做了手勢讓他們跟進廚房。他們照著做了，那位警探也跟進來。巴力克兇惡地瞪著西奧，用壓低的聲音問：「那個女孩跟你提過她在加州監獄裡的親戚嗎？」

「並沒有，長官。」西奧說。

「你確定？」

「我當然很確定。」

「這是怎麼回事？」布恩太太插話。自己的兒子被無禮地質詢，她可不會袖手旁觀，布恩先生也準備要反擊了。

那名警探拿出一張八乘十吋的黑白大頭照，上面那傢伙看起來不是什麼好東西，十足的罪犯模樣。巴力克接著說：「這傢伙叫作傑克．利浦，壞胚子一個。他是梅．芬摩的遠親，跟愛波的關係就更遠了。他是在這裡長大的，多年前離開家鄉，成了一個職業罪犯，偷竊、販毒，樣樣都來。十年前，他因綁架案被捕，判了無期徒刑，不得假釋。兩個禮拜前，他越獄了。就在今天下午，我們得到線報，說他可能在這附近。」

西奧看著傑克．利浦那張邪惡的臉，突然覺得很不舒服。如果這個壞傢伙抓了愛波，那她的麻煩就大了！

巴力克繼續說：「昨天晚上七點半左右，利浦走進距離這裡四條街的韓國便利商店，買了香菸和啤酒，監視攝影機拍到了他的臉。他顯然不是世界上最聰明的罪犯，所以我們認爲他肯定躲在這一區。」

「那麼他爲什麼要把愛波帶走？」西奧脫口而出，他的嘴巴因害怕而乾燥，他的雙腿隨時會癱軟。

「根據加州當局的說法，他們在牢房裡找到愛波的來信。愛波是這傢伙的筆友，或許是同情他永遠無法獲得自由，所以愛波開始和他通信。我們已經搜過樓上的房間，卻找不到那傢伙寫的信。」

「她從來沒跟你提過這件事？」警探問。

「從來沒有。」西奧說。他早就知道愛波奇怪的家庭裡，有許許多多的祕密，有很多事愛波絕口不提。

警探把照片收起來，西奧覺得這樣好多了，他再也不想看到那張臉，雖然他懷疑自己是否能忘掉。

巴力克警官說：「我們懷疑愛波認識那個把她帶走的人，不然該怎麼解釋完全沒有強行進入的痕跡？」

「你認爲他會傷害愛波嗎？」西奧問。

「我們無從得知，西奧。那個人的大半輩子都在牢裡度過，我們很難預測他的行爲。」警探補充說：「値得安慰的是，那個人總是被逮。」

西奧說：「如果愛波眞的跟那個人在一起，她會和我們聯絡的，她一定會想辦法。」

「那樣的話，請務必告知我們。」

「沒問題。」

「抱歉，警官。」布恩太太說：「但我想這樣的案件，您第一個要調查的應該是孩子的父母。失蹤兒童幾乎總是被另一方帶走的，不是嗎？」

「的確如此。」巴力克說：「我們同時也在搜尋芬摩先生，儘管根據芬摩太太的說法，孩子的爸爸昨天才跟她說過話，說是要和樂團巡迴到西維吉尼亞州的某個地方。芬摩太太堅決認爲，他不可能涉入這個案子。」

「愛波受不了她爸爸。」西奧一說出口，就馬上後悔了，應該要保持沉默才對。

他們又討論了幾分鐘，但顯然這段對話已經進入尾聲。警官們感謝布恩一家人特地過來一趟，並承諾會再跟他們聯繫。如果警方需要任何協助的話，布恩先生和太太說他們一整天都會在事務所；至於西奧，一整天都會在學校。

開車離去時，布恩太太說：「可憐的孩子，在自己的臥室裡被抓走。」

負責開車的布恩先生回頭瞥了一眼說：「西奧，你還好嗎？」

「大概吧。」他說。

「他當然不好嘍，伍茲。他的朋友被綁架了耶。」

「媽，我會自己說。」西奧說。

「親愛的，你當然會。我只希望他們能找到她，愈快愈好。」

東方的天空泛著一抹紅光。他們開車經過住宅區時，西奧盯著窗外，搜尋傑克・利浦那張兇狠的臉，但那裡沒有半個人。家家戶戶的燈一盞盞亮起，沉睡的小鎮即將甦醒。

「快六點了。」布恩先生宣布：「嘿，我們去葛楚小吃店好不好？去嘗嘗那個聞名世界的鬆餅？西奧，你說呢？」

「我贊成。」西奧回答，雖然他一點胃口也沒有。

「好極了，親愛的。」布恩太太說，雖然他們三個都知道，她除了咖啡之外，其他什麼都不需要。

第2章

葛楚小吃店是主街上的老字號餐廳，位在法院西側六個街區與警察局南邊三個街區之外。那裡有號稱世界知名的胡桃鬆餅，不過西奧對此常常感到懷疑，那些住在日本或希臘的人，眞的也知道葛楚和她的鬆餅嗎？他覺得這很難說，因爲學校裡就有同學完全不知道斯托騰堡鎭上有這家葛楚小吃店。在小鎭西邊好幾公里遠的高速公路旁，有一棟古老的原木小屋，小屋正前方設有加油設備，還有一面巨型的廣告看板，上面寫著「世界知名的達德利薄荷軟糖」。西奧小時候很自然地以爲鎭上所有居民不只愛吃這家的軟糖，還喜歡不停地談論它，要不然，這種薄荷軟糖怎麼贏得世界級的地位？然而有一天，課堂討論的內容突然轉了個彎，談到了進出口貿易，西奧提出他的觀點，他認爲達德利先生和他的薄荷軟糖在出口貿易上占了極大比例，畢竟這可是世界聞名的產品，因爲看板上是這麼寫的啊。令人驚訝的是，全班只有另外一個同學知道這家的薄荷軟糖！西奧這才恍然大悟，那個薄荷軟糖可能不如達德利先生宣稱的那麼有名，他漸漸了解不實廣告到底是怎麼一回事。

從此，他就對那種過度誇大的名聲抱持著懷疑的態度。

但是這個早晨，他無法思考鬆餅或軟糖的事，管它有沒有名。他整個心思都被愛波，還有傑克．利浦那副噁心的模樣占據了。布恩一家人在擁擠的店裡找了一張小桌子坐下來，空氣中瀰漫著油膩的培根與濃烈黑咖啡的氣味，還有今日的熱門話題——愛波．芬摩的綁架事件。西奧入座後沒多久就聽到各方的熱烈討論，右手邊那桌坐著四個身穿制服的警察，正在大聲談論「利浦就在你身邊」的可能性；左手邊，一桌頭髮灰白的老先生正以權威的口吻論及好幾個主題，但似乎對「綁架兒童」這個議題特別感興趣，他們不時提到這件事。

菜單上全力推銷的，果然就是葛楚小吃店「聞名世界的胡桃鬆餅」。爲表示對不實廣告的沉默抗議，西奧點了炒蛋和香腸，而爸爸點了鬆餅，媽媽點了什麼都不加的全麥土司。

等服務員一走開，布恩太太立刻看著西奧的眼睛說：「好，開門見山地說吧，故事不只是那樣而已。」

西奧總覺得很驚訝，媽媽到底是怎麼做到這點的？每當他透露了故事的一半，媽媽就會去尋找另外一半；每當他隨便扯點無傷大雅的小謊，有時候只是好玩而已，但媽媽就是有種直覺，馬上撲過來，把謊言撕個粉碎；每當他閃避了一個直接的問題，媽媽會立刻連珠炮似地補上另外三個問題。西奧懷疑，媽媽的這種能力源自於擔任離婚律師多年的經驗，她常說她從不期待當事人會實話實說。

「我也這麼想。」布恩先生說。西奧無法判別爸爸是眞的認同，或者只是在附和太太的話而已，他常常那樣。身爲房地產律師的布恩先生沒什麼上法庭的經驗，儘管比布恩太太慢半拍，但他幾乎不曾錯過任何拷問兒子的機會。

「是愛波要我不能說出去的。」西奧說。

他媽媽很快回嘴：「但是愛波有了大麻煩，西奧。如果你知道些什麼，坦白說吧，就是現在。」她瞇起眼睛，聳起眉毛，西奧知道接下來會是什麼，老實說，他知道最好還是對爸媽從實招來。

「昨天晚上，我跟愛波聊天的時候，芬摩太太不在家。」西奧說，他的頭低低的，視線快速地左右游移。「而且前天晚上她也不在，她嗑藥以後，就變得很瘋狂。愛波這段時間都是一個人待在屋子裡。」

「她爸爸呢？」布恩先生問。

「他跟樂團的人走了，已經有一個禮拜不在家。」

「他沒有工作嗎？」布恩太太問。

「他買賣古董家具，愛波說他會賺點錢，然後跟著樂團的人消失一、兩個禮拜。」

「可憐的女孩。」布恩媽媽說。

「你們要告訴警方嗎？」西奧問。

布恩的父母開始慢慢喝著咖啡，邊思考邊交換了奇怪的眼神。他們最後決定晚點再討論這件事，要等他們到了事務所而且西奧也去學校之後。芬摩太太很顯然對警方撒謊，但布恩家的人也不是那麼想蹚這個渾水。他們並不覺得芬摩太太對綁架案還有所隱瞞，她看起來夠痛苦了，或許是罪惡感吧，自己不在家的時候，女兒卻被人硬生生帶走。

餐點上桌了，服務生為咖啡續杯，而西奧也喝著牛奶。

現在情勢非常複雜，西奧覺得鬆了一口氣，爸媽知道這些事之後，就會一起幫忙傷腦筋。

「西奧，還想再吃點什麼嗎？」爸爸問。

「沒特別想吃的。」

媽媽問：「昨晚你跟她說話的時候，她很害怕嗎？」

「對，她真的嚇壞了，又很擔心她媽媽。」

「你怎麼不跟我們說呢？」爸爸問。

「因為她叫我發誓不能說出去啊。愛波要應付的問題很多，她又是一個很重隱私的人，她的家人讓她覺得很丟臉，但她又想保護他們。愛波希望她媽媽能夠隨時回家，但我想，後來是其他人先出現了。」

西奧頓時失去胃口，他當時應該為愛波多做點什麼才對，為了保護愛波，他當時應該告訴爸媽或者學校老師。一定會有誰願意聽他說，他應該能做點什麼的。但是，愛波要他發誓保持沉默，而且她一再向西奧保證自己的安全，她保證屋子四處都上了鎖，還有做一些保護措施。

開車回家的路上，坐在後座的西奧說：「今天我好像沒辦法上學了。」

「我早就有預感了。」布恩先生回答。

「這次又是什麼理由？」媽媽問。

「呃，首先呢，我昨天晚上睡眠不足。我們幾點就起床啦？四點半嗎？」

「所以你是想回家補眠嘍？」爸爸這麼回他。

「我沒那樣說，可是如果去學校，我不知道能不能保持清醒。」

「我想你可以的。你媽媽和我要去上班，我們除了保持清醒，別無選擇。」

西奧差點沒脫口說出爸爸每天睡午覺的習慣。通常是在下午三點半，布恩先生會把門鎖上，然後在辦公桌前小睡片刻。布恩&布恩事務所裡的每個人都知道，樓上那位先生每天下午都會脫掉鞋子，把腳高高地蹺在桌上，將所有來電轉成「請勿打擾」模式，打鼾度過快活的三十分鐘。

「你可以撐過去的。」爸爸補了一句。

此時的西奧，正面臨慣性蹺課的問題。頭痛、咳嗽、食物中毒、肌肉扭傷、脹氣……西奧每種都試過了，而且還想再用看看。他並不討厭上學，一旦到了學校，他發現其實自己還滿喜歡那裡的。他成績好，人緣也不差，然而西奧就是想上法院去旁聽那些審判和訊問，聽那些法官和律師說話，跟警察和書記官聊天，或是跟警衛聊聊也好。西奧對他們瞭若指掌。

「我不能去學校還有一個理由。」他說，即便知道這是場不可能贏的戰役。

「說來聽聽。」媽媽說。

「好，現在有人失蹤了，我必須幫忙搜尋。斯托騰堡多久才會有一樁這樣的尋人案件？這不是鬧著玩的，更何況他們在找的人是我的好朋友。我必須出面協助尋找愛波，她也會希望我這麼做。而且我現在也不可能專心上課，那不就是在浪費時間嗎？除了愛波的事，我什麼都沒辦法想。」

「滿勇於嘗試的。」爸爸說。

「是還不錯。」媽媽也加了一句。

「聽著，我是認真的。我得在外面幫忙。」

「我有點疑惑。」爸爸雖然這麼說，其實他才不呢。他和西奧討論事情的時候，常常宣稱自己「有點疑惑」。「你說你太累了，沒辦法上學，卻有足夠的精力領導大家協尋失蹤人口。」

「不管怎樣，我就是不能去學校。」

一小時之後，西奧在學校外停好腳踏車，心不甘情不願地往裡面走，八點十五分的鐘聲此時響起。經過穿堂時，他馬上遇到三個八年級的女生，邊哭邊問他知不知道愛波現在怎麼了。西奧告訴她們，自己知道的並不比晨間新聞所播報的多。

顯而易見的，鎮上所有人都看了那則晨間報導。電視播放了一張愛波的學生照片，以及傑克·利浦的大頭照，一切都強烈暗示這是一起兒童綁架案。西奧眞不明白，所謂「兒童綁架案」（他還查了字典），通常會有人要求贖金，也就是爲了安全釋放人質，必須支付一筆現金。但芬摩家連每個月的帳單都付不出來了，怎麼可能有大筆金錢贖回愛波呢？況且到目前爲止，尚未收到綁匪的任何訊息。一般而言，西奧記得電視都是這麼演的：受害者家屬很快就會從綁匪那邊得到消息，表明他們綁架了這家的小孩，必須用一百萬元之類的現金才能把孩子安全贖回。

另一則報導則出現了芬摩太太在他們家門前嚎啕大哭的畫面，警方個個守口如瓶，只說他們正在全力追查所有線索，然後鄰居也來了，說他養的狗從午夜過後就開始狂吠，這眞是個不好的預兆。儘管記者對這宗案件彷彿很狂熱，事實上，他們找到的訊息少之又少，只知道有個女孩失蹤了。

西奧的導師是蒙特先生，他同時負責上公民課。蒙特先生讓這班男同學安靜下來，各就各位後開始點名，十六個學生都到齊了。班上的話題很快地轉到愛波失蹤這件事情上，蒙特老師也問西奧是不是知道些什麼。

「什麼都不知道。」西奧說，班上的同學都顯得很失望。西奧是少數幾個會跟愛波交談的

男生，大部分的八年級生，不論男女，都喜歡愛波，但他們也都覺得她不是那麼容易相處。愛波很安靜，打扮得像個男孩，對最新時尚或是青少年週刊上的八卦消息都不感興趣，而且大家都知道，她的家庭背景很特殊。

第一堂課的鐘聲響起，而西奧已經精疲力竭，只能拖著疲憊的身體去上西班牙文課。

第3章

最後一堂課的鐘聲在三點半響起，才不過三點三十一分，西奧就已經跳上腳踏車，飛快地離開學校，敏捷地穿梭在巷弄間，避開了市中心的擁擠交通。他咻的一聲穿過主街，對著站在十字路口附近的警察揮揮手，假裝沒聽到警察大叫：「西奧，騎慢一點！」他穿越一座小型墓園，然後轉彎進入帕克街。

西奧的父母已經結婚二十五年了，過去的二十年，他們一直是「布恩&布恩事務所」的合夥人。這家小型事務所位於帕克街四百一十五號，正處於斯托騰堡的中心。他們原本還有另外一個合夥人——艾克．布恩，西奧的伯父。不過艾克當年惹了一些麻煩，被迫離開事務所。現在事務所只有兩位地位平等的合夥人，一位是一樓的瑪伽拉．布恩，她在整齊和現代化的辦公室裡處理案件，以離婚案居多；另一位是樓上的伍茲．布恩，他孤伶伶地待在一間大又亂的辦公室，裡面是被壓得變形的書架，地上散布著一落落檔案夾，而菸草味更是無所不在，菸圈總是一個個緩緩地飄往天花板。從辦公室往外走，會遇到艾莎，她負責接聽電話、迎接賓客、管理辦公室，也幫忙打打字，還得看著那隻名叫「法官」的狗。陶樂絲是房地產祕書，爲布恩先生工作，西奧覺得她的工作內容實在無趣到了極點。文森是律師助理，負責幫忙布恩太太的案件。

法官是一隻米克斯犬，牠是西奧的狗，是布恩家的狗，也是事務所的狗。牠在事務所度過每一天，有時候會悄悄巡視每個房間，監視房裡的所有動靜。牠經常尾隨某個人進入廚房，期盼會有什麼好吃的東西，但大部分時候，牠都躺在接待區的一張小方床上打盹。艾莎打字的時候，就會跟法官聊上兩句。

西奧是事務所裡最後一個成員，他很開心地想著自己可能是全斯托騰堡十三歲男孩中，唯一擁有專屬法律辦公室的人。不可否認，他現在年紀太小，無法成爲這家事務所的正式成員，但某些時候，西奧的存在仍舊是無可取代地珍貴。他幫陶樂絲和文森取回文件；他瀏覽冗長的文件，幫忙搜尋關鍵字或關鍵句；他的電腦功力超強，因此能夠上網研究各種法律議題、挖掘事情的眞相。不過到目前爲止，沒什麼事比得上幫事務所送文件到法院，那是西奧最喜歡的事。西奧熱愛法院，他夢想有一天站在寬敞又莊嚴的法庭，爲他的當事人辯護。

三點四十分，準時抵達。西奧把腳踏車停在布恩&布恩事務所狹窄的門廊上，做好準備。艾莎每天都先以熱情無比的強力擁抱歡迎他，接著用力捏他臉頰一把，然後快速審視他的穿著。他推開門，走進事務所，讓自己一一接受這些歡迎儀式。一如往常，法官也在等他，牠從小床上彈跳起來，直奔西奧身旁。

「愛波的事眞令人難過。」艾莎說個不停，聽起來像是在說某個她熟識的女孩，雖然事實並非如此。但此時此刻，就像任何一齣悲劇，斯托騰堡的每個人都彷彿認識或宣稱自己認識愛波，每個人都在說這個女孩有多好。

「有消息嗎？」西奧問，一邊摸著法官的頭。

「什麼都沒有。聽廣播聽了一整天，沒有隻字片語，也沒有任何跡象。學校怎麼樣？」

「糟透了，一整天都在說愛波的事。」

「那可憐的女孩。」艾莎正在檢視西奧的襯衫，然後她的視線轉向他的長褲，西奧覺得有那麼一、兩秒，自己僵住不能動了。艾莎每天都這樣審視他的穿著，任何批評她都說得出口，像是「這件襯衫跟那條長褲搭嗎？」或「這條短褲你兩天前不是才穿過？」這種行爲大大激怒了西奧，他向爸媽都抱怨過，但是抗議並沒有結果。艾莎就像布恩家的一員，像是西奧的第二個媽媽，如果她想丟些小測驗給西奧，那也是出於關懷。

謠言是這麼說的，艾莎的薪水都用來治裝了，而她看起來的確如此。她今天顯然是認可了西奧的穿著，在她開始發表意見之前，爲了不讓他們的對話出現任何空檔，西奧問：「我媽在嗎？」

「在是在，但她現在有客人。布恩先生也在工作中。」

事情總是如此，西奧的媽媽如果不在法庭，就是在跟她的當事人談事情，她的客戶幾乎清一色是女性，並且分爲以下幾種：一、想離婚；二、必須離婚；三、正在處理離婚事務；四、正在經歷離婚後的痛苦。這個工作並不容易，但西奧的媽媽是鎮上數一數二的離婚律師，西奧頗以媽媽爲榮。每當有新的委託案，媽媽總是勸當事人先尋求專業諮商，試著去挽救婚姻，西奧也覺得她這麼做很棒。令人難過的是，西奧已經漸漸明白，不是每個人的婚姻都有挽回的餘地。

他輕快地跳上樓梯，法官也跟在他身邊，他們迅速闖入伍茲．布恩專業律師與法律顧問的辦公室。這個地方又寬敞又美好，爸爸正在辦公桌前工作，一手拿著菸斗，一手握著筆，文件放得到處都是。

「喔，哈囉，西奧。」布恩先生說，臉上泛起溫暖的微笑。「在學校過得怎麼樣啊？」一週五天都是同樣的問題。

「糟透了。」西奧說：「我就知道我不該去的，完全是在浪費時間。」

「那又是爲什麼呢？」

「拜託！爸，我的朋友，也是我們的同學，被一個因綁架案入獄的逃犯給抓走了，在我們這裡可不是一件普通的小事。我們本來應該上街幫忙找人才對，結果呢，我們被關在學校裡，一整天都在談論該怎麼找愛波。」

「胡說。找人的事就留給專業人士，西奧，我們鎭上的警力很優秀的。」

「是嗎？他們到現在都還沒找到愛波，或許他們需要幫助。」

「誰的幫助？」

西奧清了清喉嚨，握緊拳頭，眼睛直視他的父親，準備全盤托出。從小到大，大家都是這麼教他的，要面對事情真相，不要隱瞞，只要坦白一切，不論後果如何，都會比掩蓋眞相或欺騙好得多。他正要說：「我們可以幫忙，爸，我們是愛波的朋友。我已經組織了一個搜尋小組，準備上街去。」但鈴聲突然響起，他爸爸很快接起電話說：「我是伍茲．布恩。」然後開始聽對方說明。

西奧只好把已經到了舌尖的話硬吞回去。幾秒鐘後，他爸爸遮著話筒悄聲說：「這通電話可能要講久一點。」

「一會兒見嘍。」西奧一邊說，一邊從椅子上跳起，轉身離開辦公室。他往樓下走，法官仍緊緊跟著他，接著轉向事務所後方，那個他稱爲辦公室的小房間。他拿出背包裡的東西，包括課本和筆記本，把桌面安排得一副要全力衝刺課業的模樣，但事實並非如此。

他組織的搜救隊是由二十個朋友所組成，計畫分成五個小隊行動，每一隊都有四名單車騎士。他們的配備有手機和無線電對講機，伍迪還有一台 iPad，裡面有 Google 地圖和全球衛星定位系統。一切都經過溝通協調後決定，而負責統籌的，當然是西奧。他們將在鎭上的某些區域進行地毯式搜尋，同時散發傳單，上面有愛波的照片，並承諾一千美元的懸賞金額，只要提供的消息能成功拯救出愛波的話，就可以得到賞金。他們已經在學校對學生和教職員募款，募得將近兩百美元。西奧和他的朋友們認為，要是有人真能提供關於愛波的關鍵訊息，他們的父母一定會願意慷慨解囊補足賞金。根據西奧的說法，即使勉強，必要時爸媽肯定還是會出錢。這個計畫的確有些冒險，但現在愛波的處境更危險，而且已經沒時間了。

西奧輕手輕腳地從後門離開，留下孤單又困惑的法官，然後他偷偷溜到前門，跳上腳踏車離去。

第4章

不到四點，搜救隊成員已經在楚門公園集合，那是斯托騰堡最大的公園。他們這幫人聚集在公園中心的大涼亭，這是個熱門的集會地點，政客在此發表演說，樂團在漫長的夏日夜晚演奏，偶爾呢，還會有年輕的情侶在這裡舉行婚禮。

搜尋小組一共有十八個人，十五個男孩和三個女孩，他們頭戴安全帽，個個蓄勢待發，準備在此展開拯救愛波的任務。

早上還在學校的時候，這些男孩就對於該如何妥善進行尋人任務七嘴八舌、爭執不休，其實他們沒有一個眞的參與過這種任務，但大家對於缺乏經驗這件事絕口不提。相反的，包括西奧在內的好幾個人，都一副對這個狀況瞭若指掌的模樣。伍迪是那台 **iPad** 的主人，他彷佛覺得大家應該多聽聽他的想法，所以講話特別大聲。賈斯汀是另外一位意見領袖，他是班上最厲害的運動健將，因此顯得自信滿滿。

八年級生中也有人抱持懷疑態度，他們認爲傑克·利浦早就帶著愛波逃之夭夭，電視台天天都在播放他的照片，他沒道理還留在這個每個人都認識他的地方啊。懷疑派人士主張任何尋人行動終將徒勞無功，因爲愛波已經被帶走了，藏匿在其他州，甚至其他國家，現在只能祈禱她還活著。

但是，西奧和其他幾個人決心要爲愛波做點事，任何努力都好。愛波可能已經離開了斯托騰堡，但也有可能還在，沒人知道。至少他們還在努力找她，誰知道呢，或許會走好運也不一定。

最後，主張尋人的這一派終於達成共識，決定全力搜索一個名爲戴爾蒙的老社區，位於斯托騰堡西北方的斯托騰學院附近。戴爾蒙的居民收入不高，大部分居民都只租得起房子，所以這裡最受學生和苦哈哈的藝術家青睞。搜尋小組認爲，稍微有點常識的綁匪，自然會遠離較高級的社區，也不會接近斯托騰堡中心那人聲鼎沸的街道或人行道，十之八九，他會挑那種陌生人來來去去的地方躲著，於是西奧他們決定縮小搜尋範圍。這個結論一出，每個人立刻確信愛波一定是被藏在某個廉價出租公寓的小房間裡，或是被封住嘴巴、綁住手腳，瑟縮在戴爾蒙區的某個老舊車庫中。

他們分成三組人馬，一組六人，每一組都各分配一個女孩，雖然不情願，女同學們還是接受了這個安排。

在公園集合後十分鐘，他們開始行動，騎單車前往位於戴爾蒙區邊陲的吉布森雜貨店。伍迪小組走艾倫街，賈斯汀小組負責艾居柯街。儘管西奧不這麼自稱，但他儼然扮演最高指揮官的角色，帶領他的人馬穿越兩個街區。抵達川孚大道後，他們沿街張貼尋人啓事，接著走進一家自助洗衣店發送傳單，也對路上行人宣傳這件事，提醒大家要保持警覺。就連坐在門廊搖椅上的老先生、在花圃裡除草的和善女士們，他們也都一一攀談。

這組單車騎士在川孚大道上緩緩前進，審視每一幢屋子、每一棟大型和小型公寓，就這樣一路向前騎著，但他們漸漸領悟到這麼做沒什麼功效。即使愛波被關在這裡的某棟建築裡，他們要怎麼找到她？他們不能往屋子裡偷窺，或是期待敲敲門之後，利浦會老實地出來應門，也不能對著窗戶大叫，期盼愛波會有所回應。西奧漸漸發現，最有效的辦法恐怕只有散發傳單，和大家聊聊懸賞金額的事。

川孚大道的巡視終於告一段落，接著他們向北移動一個街區，到了惠特華茲街。他們挨家挨戶拜訪購物中心的店面，在理髮店、清潔公司、披薩店、烈酒專賣店分發傳單。雖然賣酒的店門口有明顯的警告標示，禁止二十一歲以下的人進入，但西奧才顧不了這些，他是爲了幫助自己的朋友，又不是去買酒。他大步走進店裡，收銀台前杵著兩個閒閒沒事做的店員，西奧把傳單發給他們，在店員有機會趕他出去之前轉身離去。

就在他們準備離開購物中心的時候，接到了伍迪的緊急來電，說是警方在艾倫街把他們攔下來，顯然不太高興。西奧和他的小隊立刻啓程，沒幾分鐘就到了現場，看到兩輛市警局的車子，還有三名穿著制服的警官。

西奧立刻發現這幾個警察都是陌生的臉孔。

「你們這些孩子在這裡幹嘛？」西奧走近時，其中一個警官問，他銅製的名牌上寫著「巴德」。「讓我猜猜，你們在幫忙找人是嗎？」巴德嘲諷地說。

西奧伸出手說：「我是西奧．布恩。」

他特別加重「布恩」二字，想說警官當中說不定有人認得這個姓氏。他知道大部分的警察都認識大部分的律師，這些傢伙當中或許有人，儘管只是可能，或許有人會知道西奧的父母都是受人敬重的律師。沒想到這招沒用，畢竟斯托騰堡的律師爲數眾多。

「是，長官，我們在幫你們找愛波．芬摩。」西奧語氣輕快，並對巴德警官獻上一個大大的笑容，閃著牙套的金屬光芒。

「你是這幫人的頭頭嗎？」巴德冷不防地問。

西奧對伍迪瞥了一眼，那位同學已經喪失所有自信，看起來驚恐不已，彷彿以爲自己要被拖進大牢，然後被毒打一頓之類的。

「我想是吧。」西奧回答。

「那麼，是誰要你們這些小夥子和小姑娘加入搜索的？」

「這個嘛，警察先生，並沒有誰要求我們這麼做，因爲愛波是我們的朋友，所以我們現在很擔心。」西奧試著尋找合適的語氣。他希望自己聽起來非常尊敬對方，但他同時確信他們沒做錯任何事。

「還真純情唷。」巴德邊說，邊咧嘴對著旁邊兩個警官笑。他拿著傳單問西奧：「這是誰印的？」

西奧很想說：「警察先生，不管是誰印的，都不關你的事。」但這麼一來，情勢會變得更緊張，所以他說：「我們今天在學校印的。」

「所以這就是愛波？」巴德指著傳單正中央那張微笑的臉。

西奧很想回說：「不，警察先生，那是另外一個女孩的臉，這麼一來，我們就能混淆視聽，讓找人變得更困難呢。」

愛波的照片老早就遍布當地的新聞網，巴德不可能認不出來。

西奧只是簡短回答：「是，警官。」

「那麼是誰允許你們這群孩子在公共財產上張貼傳單？」

「沒有人。」

「你知道這麼做不只違反市府規定，還是違法的行爲。你知道吧？」巴德大概是那種壞警察的電視劇看太多，嚇唬這些孩子的模樣有點過頭了。

賈斯汀和他的人馬默默地加入對峙的行列，他們停在其他腳踏車旁，現在一共有十八個孩子、三個警察，還有一些附近的住戶前來了解狀況。

在這個節骨眼上，西奧理應乖乖就範，裝作對法令一無所知，但他就是嚥不下這口氣。他以充滿敬意的口吻說：「不是這樣的，警察先生，我們並沒有違反市府規定。我今天在學校上網查過，在電線桿或連接電話線的柱子上張貼告示是符合規定的❸。」

巴德警官立刻閉上嘴，很明顯地不知道該說什麼。現在唬人的把戲被拆穿了，他看了看他的警察同僚，那兩個傢伙彷彿覺得這狀況很有趣，一點也沒有要幫他說話的意思；那群孩子也在嘲笑他，沒人站在巴德這邊。

西奧乘勝追擊。「法律明文規定，只有與政治人物或任何競選公職的人有關的海報或傳單才需要獲得許可，其他情形下，就不需要許可。只要在十天內清除，張貼這些傳單絕對沒問題，我們的法律是這麼規定的。」

「小子，你那是什麼態度？」巴德立即回嘴，他刻意挺起胸膛，甚至將一手放在警備的左輪手槍上。西奧注意到他的小動作，卻一點也不擔心。巴德正在努力扮演硬漢警察的角色，可惜演技有點差。

因為有一對律師父母，西奧面對那些自以為擁有至高權力的人，早就養成一種相當健康的懷疑態度，即使對方是警察也不例外。他學會尊重所有大人，特別是那些權威人士，但在此同時，西奧的父母也在他心中灌輸一種渴望，就是要永遠追求真理。如果遇到一個不誠實的人，不論是大人、青少年，還是小孩，都不應該順應對方詐欺或說謊的行為。

每個人的目光都轉向西奧，等著他的回應。西奧吞了吞口水說：「警察先生，我的態度沒有任何問題，就算有好了，那也不違法。」

巴德奮力地從口袋掏出一支筆和小本子說：「說，你叫什麼名字？」

西奧想著，三分鐘前我就跟你說過了，但他還是回答：「西奧．布恩。」

巴德倉促而潦草地記在小本子上，彷彿他現在寫下的東西將來會成為什麼關鍵的呈堂證供似的。

大家都在等著看接下來會發生什麼事，終於有位警官走向前問：「你爸爸該不會是伍茲．布恩吧？」他的名牌上寫著「斯尼德」。

終於啊，西奧想著。「是的，警官。」

「你媽媽也是律師吧？」斯尼德警官問。

「是的，警官。」

巴德的肩膀頓時垮下，小本子上的龍飛鳳舞也嘎然而止。他迷惘的表情，彷彿在說：天啊，這小子知道我不知道的法律條文，不只這樣，他還有對律師父母，要是我做錯什麼事，

---

❸依臺灣現行的法令規定，如需在電線桿或公共物上張貼告示，皆需先向各地的政府主管機關提出申請，經核准通過才可張貼，否則將被處以罰鍰。與西奧所居地方規定不同。

他們說不定會告我？

斯尼德試著打圓場，問了一個無關緊要的問題：「孩子們，你們住在這附近嗎？」

達倫緩緩舉起手說：「我家離這裡還有幾條街的距離，在艾米特街那裡。」

現在情況有點僵，雙方都不知道接下來該怎麼辦。希比莉．泰勒下了腳踏車，走到西奧身旁，對巴德和斯尼德微笑著說：「我不懂，爲什麼我們不能合作呢？愛波是我們的同學，我們很擔心她，警方在找她，我們也是。我們沒做錯什麼事啊。這應該沒關係吧？」

巴德和斯尼德一時之間想不出什麼好答案，這些問題很簡單，答案也再明顯不過了。

在每個班級裡，總會有個同學說話不經過大腦，而且專挑那些大家都放在心裡想，卻不敢說出口的事來說。在他們的搜救隊中，扮演這個角色正是艾倫．黑勒伯，他會說英語、德語和西班牙語三種語言，但不論說哪一種，都一樣是在給自己找麻煩。艾倫脫口而出：「你們應該去找愛波，而不是在這裡找我們的碴吧？」

巴德警官倒抽一口氣，好像被踢中一腳似的，就在他要發作之前，斯尼德警官搶先一步說：「好，那乾脆這樣，你們可以發傳單，但不能張貼在任何公共財產上，包括電線桿、公車站的長椅之類的地方。現在快五點了，我要你們在六點時回家，這還算合理吧？」說完他怒氣沖沖地瞪著西奧。

西奧聳聳肩說：「還可以。」但其實一點也不合理，他們本來就可以在一天內的任何時間、在任何電線桿上張貼海報（但長椅不行），警察沒有權力擅自更改市政府的法令規定，他們也沒有權力命令這些孩子在六點前離開大街。

只不過在這個當下，他們需要一個妥協的辦法，斯尼德的提議還不算太差。搜索行動能繼續進行，警方也能宣稱他們已善盡管束這群孩子的職責。西奧知道想解決爭議通常需要雙方都做點讓步，這招也是從他爸媽那裡學來的。

搜救隊陸續騎回楚門公園，集合後重新分組，其中四個人有別的事要做，所以先離開了。他們跟巴德和斯尼德交鋒之後二十分鐘，西奧和他的人馬進入莫里丘社區，位於斯托騰堡東南方，他們盡量離戴爾蒙社區遠遠的。最後他們發出數十張傳單，勘察了幾棟空屋，並且和幾個好奇的社區住戶聊了一會，在六點整準時離開。

第5章

布恩家的晚餐規律得就像牆上的鐘一樣。每個星期一，他們都在羅畢里歐餐廳用餐，那是一家老字號的義大利餐廳，就在事務所附近；星期二，吃三明治配湯，因爲他們固定在一間庇護所當志工；星期三，布恩先生會從金龍餐廳帶回一些中式料理，然後全家就一邊用免洗餐具吃著中國菜，一邊看電視；星期四，布恩太太會在一家土耳其熟食店買隻烤雞，配上鷹嘴豆泥和口袋餅一起吃；星期五，他們則光顧一家超人氣餐廳吃魚，經營那家店的是一對總是互相叫罵的黎巴嫩籍老夫婦；星期六，布恩一家三口輪流決定該吃什麼、去哪裡吃，而西奧通常會選披薩，外加一場電影；星期天，布恩太太才會親自下廚，那卻是西奧一整個星期中最不喜歡的一餐，儘管他識相地什麼都沒說。瑪伽拉不愛煮菜，她每天花很多時間在事務所裡辛勤工作，怎樣也不想匆匆奔回家後還要面對更多廚房的工作。更何況，在斯托騰堡裡有許多不錯的異國餐廳和熟食店，讓那些眞正的大廚發揮他們的專業不是更合理嗎？至少對瑪伽拉．布恩太太來說挺合理的。西奧並不介意，反正他爸爸也不會。布恩太太下廚的時候，她會期待先生和兒子負責收拾善後，家裡的這兩個男人倒是寧可避免洗碗這件事。

晚餐總是在七點整開動，分秒不差，這又是另一個跡象，顯示這家人的生活規律。他們每天忙歸忙，卻無時無刻不保有時間概念。西奧把他裝著雞肉炒麵和糖醋蝦的紙盤放在電視餐盤上，在沙發上坐好後，將另一個較小的盤子放到地上，法官正在那裡滿心期待地等著。法官熱愛中國菜，而且牠就是要在起居室裡和其他人一起吃，狗食對牠來說簡直是種汙辱。

才沒吃幾口，布恩先生就問：「對了，西奧，有愛波的消息嗎？」

「沒有，只有在學校裡傳的一堆八卦。」

「可憐的孩子。」布恩太太說：「我相信學校裡每個人都很擔心。」

「沒錯，我們只能在那邊擔心，說來說去都是浪費時間，我明天應該待在家，想辦法幫忙找人才對。」

「恐怕也幫不上忙吧。」布恩先生說。

「關於芬摩太太的狀況，她對警方說謊，說當時她在家，但事實上她連續兩天，星期一到星期二根本不在，你們跟警方說了嗎？還有她其實是個怪咖，嗑藥嗑到忘了女兒，這有跟警方解釋了嗎？」

一陣靜默。安靜了幾秒鐘之後，布恩太太說：「我們沒說，西奧。討論過後，我們決定先等等再說。」

「那又是為什麼？」

西奧的爸爸說：「因爲那對警方尋找愛波並沒有幫助。現在的計畫是再等個一、兩天，我們也還在討論這件事。」

「西奧，你怎麼都不吃？」他媽媽問。

的確如此，西奧一點胃口都沒有。那些食物彷彿卡在他的食道裡，某種悶悶的抽痛感讓他什麼也吞不下。

「我不餓。」他回答。

過了一會兒，正當《法律與秩序》重播到一半的時候，出現一則當地新聞報導插播，帶來了最新消息。

搜尋愛波的行動仍在進行中，警方還是守口如瓶，愛波的照片一閃而過，然後是一張西奧和他的人馬張貼的尋人啓事，緊接著是傑克・利浦猙獰的大頭照，看起來就像個連續殺人犯。記者滔滔不絕地說：「傑克・利浦逃離加州的監獄後，是否來到斯托騰堡見他的筆友愛波・芬摩？警方正往這個方向調查。」

警方有興趣調查的事可多了，西奧暗自想著，這並不表示那些事都是眞的。他整天都在想著利浦這個人，愛波不可能會幫這種傢伙開門，他反覆地告訴自己，這次所謂的「綁架案」很有可能只是個巧合。利浦逃獄後，回到他曾經待了很久的斯托騰堡，不小心在便利商店裡被拍到，剛好這個時候，愛波決定離家出走。

西奧很了解愛波，但他也明白愛波有很多事不會跟他說，而且他也不想知道。如果她要逃家，會完全不對西奧透露任何訊息嗎？他逐漸明白，答案是肯定的。

他窩在沙發，身上蓋著被子，法官緊緊依偎在他胸前，不知何時，他們倆都進入了夢鄉。西奧今天凌晨四點半起床，本來就沒睡飽，此時他的體力和心力也已經完全透支。

第6章

斯托騰堡東邊的界線是揚希河，河上有一座古老的橋，可供汽車和火車行走，橫跨河面進入相鄰的郡。這座橋少有人跡，畢竟這裡的人都沒什麼理由前往隔壁郡。斯托騰堡位於河流西側，大家要離開市中心時，也都往西邊走。數十年前，揚希河曾經是運送木材和農作物的交通要道，斯托騰堡早年時期，「大橋下」那片繁忙的區域惡名昭彰，充斥著酒吧和非法賭博場所，可以說是最適合做壞事的地方。後來這條河的交通流量降低，那些酒店賭場一一關門，很多壞傢伙也只好離開了，然而那些沒離開的，也足以讓那一區的壞名聲維持不墜。

「大橋下」這個名稱後來被簡化成「大橋」，那裡是斯托騰堡所有正派人士都會避免前往的地區。那個地方即使白天也很陰暗，光線幾乎全被一道牆遮住，晚上只有寥寥幾盞路燈和同樣稀少的路過車輛，還有幾家酒吧和一些不入流的場所，去了只會自找麻煩。那裡的住家都建造成高腳屋的形式，這樣高水位的時候也很安全。住在大橋那區的人有時候被喚作「河老鼠」，不過大橋區的人顯然認為這個暱稱是種侮辱。他們有工作的時候，通常會從揚希河裡釣釣魚，賣給專門製造貓狗食品的罐頭工廠；不過他們不常工作，這群閒散的人僅僅靠著河流維生、靠社會福利謀生，成天爲了小事彼此爭吵結怨。也因此一說起他們，大家馬上聯想到一群脾氣火爆、不事生產的傢伙。

星期四清晨，搜救行動終於延伸到大橋這一區。

一個叫作巴斯德．歐爾的河老鼠在他最愛的酒吧裡度過整個週三夜晚，喝著他最愛的廉價啤酒，玩著以幾毛錢爲賭注的撲克牌，直到把錢輸個精光，他才不得不離開酒吧，回到他易怒的老婆和三個髒兮兮的孩子身邊。他走在狹小的街道上，突然撞上一個行色匆匆的傢伙。按照大橋這裡的習慣，他們互相罵了幾句難聽的話，巴斯德已經準備要大打出手，無奈對方絲毫沒有幹一架的興致。

巴斯德繼續向前走，突然背脊發涼。他看過那張臉，就在幾個小時前，那些條子要找的不就是那個人嗎？他叫什麼名字來著？醉醺醺的巴斯德在馬路中央苦苦思索著，突然彈了一下指頭。

「利浦！」他終於想起這個名字，「傑克．利浦！」

目前爲止，賞金的消息已經幾乎傳遍整個斯托騰堡，任何人只要能夠提供有助於逮捕傑克．利浦的情報，警方早已準備好五千美元做爲犒賞。巴斯德彷彿已經嗅到了錢的味道，他回頭張望，那個人已經消失無蹤，即使如此，那個利浦（在巴斯德心中已經一口咬定就是他），那傢伙就躲在大橋這一帶，在巴斯德的地盤上，儘管這是連警方都不愛來的三不管地帶，這裡卻自有一套規矩。

不消幾分鐘，巴斯德已經組織好一小隊武裝人馬，成員是六個和他一樣醉醺醺的傢伙。消息一下就傳開了，那名逃犯潛伏在大橋的說法甚囂塵上。大橋的人們平時總是內鬥個不停，一旦出現來自外界的威脅，他們卻能立刻就防備位置。

巴斯德的指令沒人當一回事。利浦的搜捕行動打從一開始就是多頭馬車，為了決定該採取何種策略，他們起了嚴重衝突，再加上人人都持有一把上了膛的槍枝，火藥味就更濃了。儘管花了點時間，他們最後仍達成共識，決定派人防守主街。這條路從防波堤的一端延伸到市中心，這麼一來，利浦想逃脫的唯一辦法，只剩下偷船，或是跳到揚希河裡游個泳。

數小時後，巴斯德和他的兄弟們開始挨家挨戶找人，仔細搜尋每棟房屋的地下室、每間小屋後方的空地、每家小鋪和商店，連灌木叢和矮樹叢也不放過。搜尋隊伍愈來愈壯觀，巴斯德不禁開始擔心，這麼多人加入後，該怎麼分獎金呢？他該怎麼保住大部分的獎金？恐怕很難啊。要將五千美元分給這一大群河老鼠，可能會在橋下引發一場戰爭呢。

遙遠的東方，一線陽光從雲層中穿透出來，搜捕行動漸漸洩了氣，巴斯德召集的這票人累了，對這個行動逐漸失去熱情。

艾索．巴貝女士今年八十五歲了，自從她丈夫多年前去世後，這位女士就一直過著獨居生活。她是大橋這邊少數幾個錯過追捕逃犯活動的居民之一。清晨六點起床後，巴貝女士準備給自己煮點咖啡，卻有一個微弱的聲音，從她這間四房小屋的後門傳來。她趕緊拿出那把藏在烤吐司機下的手槍，迅速開了燈，跟巴斯德一樣，她也和那個電視上出現的傢伙打了照面，這個傢伙正在移除門上的一塊玻璃，顯然想闖空門。巴貝女士舉起槍，擺出一副要射穿窗戶的模樣，傑克·利浦見狀，下巴差點沒掉下來，眼神充滿恐懼，發出一些驚嚇的叫聲，巴貝女士聽不出來他到底說了什麼（畢竟她已經喪失大部分的聽覺），利浦快速閃開，倉皇逃走。巴貝女士接著拿起電話報警。

不到十分鐘，警用直升機已經在大橋附近盤旋，特種部隊也悄悄在街道行進。巴斯德·歇爾隨即被捕，罪名是在公共場所酒後鬧事、非法持有槍械，以及拒捕。他被銬上手銬，帶往市府監獄，而那個賞金夢也從此跟他說再見了。

他們很快就在雜草茂盛的排水溝中找到利浦，就在連接大橋的那條街旁，可見他又繞回這裡。他想逃離這裡的企圖很明顯，但究竟爲何來到大橋這邊，一直是個謎。

直升機隊員先發現他的行蹤，然後指引特種部隊前往他的藏匿地點。幾分鐘內，街道上已經擠滿了警車、各單位的武裝警察、神槍手、獵犬，連救護車也來了。直升機愈飛愈低，沒有人能抗拒追捕逃犯的樂趣，電視台派了一輛廂型車來捕捉現場實況。

西奧也在電視機前看著，他早早就起床了，因爲昨晚翻來覆去想著愛波的事，幾乎沒怎麼睡。他坐在廚房的小桌旁，一邊不經意地拌著碗裡的穀片，一邊和他父母一起盯著角落的小螢幕。當攝影機帶到特種部隊從排水溝裡把利浦拖出來的特寫，西奧放下湯匙，拿起遙控器調高音量。

傑克．利浦的模樣頗爲嚇人，他的衣服破破爛爛，還沾滿泥巴，看起來應該是很多天沒刮鬍子了。利浦一頭雜亂的黑髮不規則散開，他憤怒地挑釁著，對警察大吼大叫，還對著鏡頭吐口水。當他走近街頭，身邊圍繞著更多警察，這時一名記者大叫：「喂，利浦！愛波．芬摩在哪裡？」

利浦猙獰地笑了，吼著回答：「你們永遠也找不到她的。」

「她還活著嗎？」

「你們永遠也找不到她的。」

「噢，我的天啊。」布恩太太說。

西奧的心像是被凍結了，幾乎無法呼吸。他看著利浦被推進一輛廂型警車後座離去，現在是記者對著鏡頭在說話，但西奧完全聽不見他說什麼。他輕輕地把臉埋在手心，開始哭泣。

第7章

第一堂課是西班牙文，那是西奧第二喜歡的科目，僅次於蒙特老師的公民課。西班牙文老師是莫妮卡女士，一位來自西非喀麥隆的女士，年輕、漂亮又充滿異國風情，西班牙文只是她會說的多種語言之一。平時西奧班上的十六個男同學都非常喜歡上這門課，學習的動機也很強。

但是，今天卻不是這麼回事，整個學校瀰漫著一種恍惚的氣氛。才不過是昨天，愛波失蹤的消息傳開後，所有大廳和教室裡充滿著緊張的對話。她被綁架了嗎？她逃走了嗎？她那個怪怪的媽媽是怎麼回事？她爸爸呢？大家熱烈討論著種種問題和愈來愈多疑問，七嘴八舌地議論一整天。

此時此刻，傑克．利浦已經落網，關於愛波，他卻說了那些教人無法釋懷的話，讓全校師生都處在難以置信與恐懼中。

莫妮卡女士相當理解這個狀況，愛波是她第四堂課女生班裡的學生。她試著引起現在這班男同學對墨西哥食物的興趣，但他們只是有一搭沒一搭地討論著，沒辦法專心。

第二堂課的時候，全校八年級生被叫到大禮堂集合。總共有五個女生班、五個男生班，以及所有教師。現在正在中學實驗授課時男女分班，但其他集體活動不受此限制，這項實驗已經進行到第三年，目前爲止的成果都很不錯。男女同學大部分的時間被分隔開來，只有在早上的下課時間、午餐時間、體育課或集會的時候，才有機會聚在一起。每當這種時候，空氣中就會出現更多火花，需要多一點時間才能讓他們平靜下來。然而今天卻不是這樣，學生們全都默不作聲，完全沒有平時那些搔首弄姿、打情罵俏、眉來眼去或是心跳一百的對話。他們只是安安靜靜地坐下，神情嚴肅。

校長葛萊德威爾太太花了一段時間，試著說服同學們愛波可能沒事，還說警方對於找到愛波很有信心，不久之後愛波就會回學校上課。她的聲音極具撫慰人心的效果，她說的話感覺很可靠，而且這群八年級同學也很願意相信任何好消息。此時突然聽見一陣噪音，無庸置疑，是低空飛過的直升機螺旋槳的轟隆聲，所有人立刻又陷入狂亂的思緒：他們的同學愛波究竟人在哪裡？甚至還有些女同學在偷偷拭淚。

午餐過後，西奧和他的朋友正在進行一場意興闌珊的飛盤足球賽，突然又來了一架直升機，嗡嗡飛過學校上空，很明顯是要趕著去哪裡。從外部的標記看來，這架直升機隸屬於執法單位的某支部。球賽嘎然而止，男孩們盯著天空的直升機看，直到它消失無蹤。鐘聲響起，這代表午休時間結束了，這群男孩才安靜地往教室走去。

一整天下來，西奧和他的朋友們在某些時刻，幾乎能暫時忘記愛波的事，儘管只是短暫的瞬間。這稍縱即逝的片刻已經夠罕見了，每當此時，他們總是會聽到另一架直升機在斯托騰堡的某處嗡嗡作響，或是發出響亮的轟隆聲，彷彿在監視著什麼，就像某種巨大的昆蟲怪物正準備攻擊。

整座城市都緊繃著，彷彿在等待某個可怕的消息。

在市中心的咖啡廳、商店或辦公室裡，上班族或顧客個個都壓低了嗓子竊竊私語，複述著他們在三十分鐘前聽到的馬路消息。法院就更不用說了，這裡是豐富的八卦源頭，書記官和律師在咖啡壺、飲水機旁交頭接耳，交換著最新情報。當地的電視新聞每隔三十分鐘提供一次快報，這些魄力十足的最新消息其實一點也不新，不過是個記者在河岸某處重複稍早就播出過的內容。

斯托騰堡中學裡，八年級的同學們只是安靜地完成每天的例行公事，他們大部分都一心想回家。

傑克．利浦現在換上了橙色的運動服，上面印著「市立監獄」的標記，黑色的字體從正面延伸到背面。他被領到斯托騰堡警察局的地下室，在偵訊室裡接受詢問。偵訊室的正中央有一張小桌子，還有一張專門為嫌犯準備的折疊椅；在桌子的另一側坐著兩名警探，史萊德和開普蕭。

穿著制服的警察們押送利浦進房間後，移除了他的手銬和腳鐐，然後退回門邊；爲了安全考量，他們守在偵訊室裡。但他們其實大可不必如此，史萊德和開普蕭兩位警探無論應付任何狀況都綽綽有餘。

「利浦先生，請坐。」史萊德警探說，手比向那張空蕩蕩的折疊椅。

利浦緩緩坐下，已經淋浴過卻還沒刮鬍子的他，看起來像極了什麼神祕宗教的瘋狂領袖，在樹林裡修煉了一個月似的。

「我是史萊德警探，這位是我同事開普蕭警探。」

「孩子們，能見到你們，我眞的非常非常開心。」利浦諷刺地說。

「喔，我們也很開心呢。」史萊德以同樣嘲諷的語氣說。

「榮幸之至。」開普蕭說，他的話並不多。

史萊德警探是老鳥了，不只位階高人一等，還是斯托騰堡首屈一指的警察。他身材瘦削而結實，理了俐落的平頭，只穿黑色西裝，打黑色領帶。斯托騰堡極少發生暴力犯罪事件，倘若不幸發生了，史萊德警探總會出面解決問題，讓壞蛋俯首認罪。

他的隨從開普蕭負責觀察、記錄；如果有必要扮演好警察與壞警察時，開普蕭就負責演那個比較溫和的好警察。

「我們要問你一些問題。」史萊德說：「你願意跟我們談談吧？」

「或許吧。」

開普蕭迅速取出一張紙，遞給史萊德。「這個嘛，利浦先生，你身爲一位擁有悠久犯罪史的專業混混，一定知道我們要先告知你的權利。你還記得這回事吧？」

利浦憤怒地瞪著史萊德，彷彿下一秒鐘就要從桌子的另一邊撲過來、掐住他的脖子，不過史萊德一點也不擔心。

「你肯定聽過『米蘭達權利』❹吧？利浦先生？」史萊德繼續說。

「嗯。」

「喔，你當然聽過嘍。我相信你這些年來，進出不少像這樣的偵訊室吧。」史萊德邊說邊露出猙獰的笑。現在利浦笑不出來了，開普蕭開始做筆記。

史萊德繼續說：「首先，你可以保持沉默。就是這樣，懂嗎？」

---

❹米蘭達權利（Miranda rights / warning）是美國法律規定在訊問刑事案件嫌犯前，必須對其明白無誤告知其有權援引《憲法第五修正案》中「不被強迫自證其罪的權利」，以及得以保持沉默暨要求律師協助的權利。臺灣也有類似的規定，《刑事訴訟法》第九十五條中：「訊問被告應先告知左列事項：一、犯罪嫌疑及所犯所有罪名。罪名經告知後，認為應變更者，應再告知。二、得保持緘默，無須違背自己之意思而為陳述。三、得選任辯護人。四、得請求調查有利之證據。」

利浦點頭表示聽懂了。

「但如果你跟我們說話，任何你所說的內容，在法庭上都可能被當作不利於你的證詞。了解嗎？」

「嗯。」

「你有權請律師提供法律諮商。懂嗎？」

「嗯。」

「如果你請不起律師，我想你應該請不起沒錯，那麼政府會指派一名律師給你。目前爲止還清楚嗎？」

「嗯。」

史萊德將那張紙滑向靠近利浦的那一側，然後說：「在這裡簽名，表示你已經充分理解你的各項權利，而你願意免除這些權利，接受偵訊。」他在紙上放了一支筆。利浦慢條斯理地閱讀上面的文字，把玩那支筆，最後終於在上面簽了名。

「可以來杯咖啡嗎？」利浦說。

「要奶精和糖嗎？」史萊德問。

「不，我要黑咖啡。」

史萊德對其中一個穿著制服的警察點頭示意，那位警察隨即離去。

「好，那我們現在有些問題要問你，你準備好了嗎？」史萊德說。

「或許吧。」

「兩個星期前，你在加州的監獄裡服刑，你因爲綁架罪名被判終生監禁。你和其他六名囚犯從隧道逃脫，而你現在到了斯托騰堡。」

「那有什麼問題嗎？」

「是的，我有個問題，你爲什麼要來斯托騰堡？」

「總得去某個地方啊，我不能老是在監獄外頭晃蕩啊，你懂吧？」

「我想也是。你以前住過這裡，對嗎？」

「嗯，小時候，我想大概是小學六年級的時候。還去那所中學上了一年的課，然後我們就搬走了。」

「你在這裡有親戚嗎？」

「只有一些遠親。」

「其中一個遠房親戚叫作伊梅達·梅·盎德伍，她媽媽的第三個表妹叫作露比·戴爾·巴茲，露比的爸爸是法蘭克林·巴茲，在梅西磨坊工作的人都叫他『木頭鍊』巴茲，而『木頭鍊』有個同母異父的兄弟溫斯德·利浦，簡稱『溫仔』，我相信這位就是你父親，十年前左右過世了。」

利浦試著消化這些訊息，最後說：「溫仔．利浦是我爸沒錯。」

「所以在這些分分合合的離婚與再婚中，你變成伊梅達．梅．盎德伍的第十個或第十一個表哥，而梅小姐後來和名叫湯瑪斯．芬摩的男人結婚，改名爲梅．芬摩，也就是愛波．芬摩這個女孩的媽媽。利浦先生，這樣說還算正確嗎？」

「我的家人對我一點用也沒有。」

「喔，我相信他們也以你爲榮呢。」

門開了，那位警察端來一杯黑咖啡，放在利浦面前，紙杯上飄著熱騰騰的蒸氣，一看就知道太燙了，所以利浦也只是盯著它看。史萊德暫停了一會，然後繼續審問：「我們找到了愛波寄到獄中給你的五封信，很貼心可愛的內容，她爲你感到很遺憾，說是想跟你成爲筆友。你回信給她了嗎？」

「嗯。」

「多久通一次信？」

「我不知道，大概寫過好幾次吧。」

「你回到斯托騰堡的目的，是爲了見愛波嗎？」

利浦終於拿起杯子，喝了一口咖啡。他緩緩地說：「我不是很想回答這個問題。」

頭一回，史萊德警探看起來像是被激怒了。「利浦先生，你爲什麼不敢回答這個問題？」

「我沒必要回答你的問題，你那張小紙片上說得很清楚，我隨時可以走出這個房間，我知道遊戲規則。」

「你來這裡，是爲了見愛波嗎？」

利浦啜了一小口咖啡，沉默了一段時間。四名警察盯著他看，他則盯著紙杯。最後他說：「聽好了，現在的狀況是這樣，你想要某些東西，我也想要某些東西，你想要那個女孩，我想要一筆交易。」

「什麼交易，利浦？」史萊德立刻回嘴。

「不久之前，我還是利浦先生，現在就變成利浦啦？我讓你很難受嗎，警官先生？果眞如此，那我眞是非常抱歉呢。我是這麼想的，我知道我要回去服刑，不過加州監獄眞是讓我受夠了，一切都很粗暴又擁擠，還有一堆幫派份子和暴力行爲，食物難吃得要命，你知道我的意思吧，史萊德警官？」

史萊德從來沒去過監獄，但爲了讓對話順利進行，他說：「當然。」

「我想要在這裡服刑，這兒的監獄比那裡好些。我已經仔細觀察過了，所以我知道。」

「利浦，那個女孩在哪裡？」史萊德問。「如果你綁架了她，那你大概要再被判一次終身監禁；如果她死了，你就等著被判一級謀殺和死刑吧！」

「我爲什麼要傷害我的小外甥女？」

「利浦，她在哪裡？」

他又開始喝咖啡，然後利浦雙手交叉在胸前，對史萊德警探咧著嘴笑。時間一分一秒地過去了。

「利浦，你在玩什麼把戲？」開普蕭警探說。

「或許是，或許不是喔。有準備賞金嗎？」

「不是爲你準備的。」史萊德說。

「爲什麼不給我？只要給我一些錢，我就帶你去找那個女孩。」

「那違反規定。」

「只要五千美元，你就能找到她。」

「利浦，你要那五千美元做什麼？」史萊德問。「你下半輩子都會在監獄裡度過。」

「喔，那在監獄裡可是很好用的呢。你給我那筆錢，幫我安排在這裡服刑，那我們的交易就成了。」

「你比我想像中還蠢。」史萊德洩氣地說。

開普蕭迅速補上一句：「在開始審訊之前，我們就覺得你是個蠢蛋了。」

「喔，孩子們，這樣對你們一點好處也沒有，想想我們的交易嘛。」

「利浦，我們之間沒有交易。」史萊德說。

「太可惜了。」

「沒有交易，但我跟你保證，如果那個女孩受到任何傷害，我一定會送你上西天。」

利浦放聲大笑，然後說：「我多麼喜歡聽條子開始口出惡言啊，結束了，孩子們，我不會再說什麼了。」

「利浦，那個女孩在哪裡？」開普蕭問。

利浦只是咧著嘴笑，搖頭不語。

第8章

放學後，西奧並不想留在學校看女生踢足球。他不玩足球，似乎也沒那個機會。因爲氣喘的緣故，西奧不能從事任何耗費體力的活動，不過即使沒有氣喘，他也不覺得自己會踢球。他六歲那年玩過足球，那個時候他還沒犯氣喘，卻怎麼也不得要領。九歲時，他擊出一支三壘安打，跑到三壘時就不行了，於是他就這麼結束了短暫的運動生涯。後來他改打高爾夫球。

蒙特老師熱愛足球，大學時還加入過球隊，他特別獎勵踢足球的學生。除此之外，斯托騰堡中學有個非明文規定，女生要爲男生加油，反之亦然。換作其他日子，西奧很樂意坐在露天座椅上觀看，隨意看看比賽，並認眞打量球場上二十二個女生，以及那些板凳球員。但今天不同，他想騎著腳踏車到別的地方去發送尋人啓事，爲尋找愛波盡一份力。

這天不是進行任何比賽的好時機，斯托騰堡的孩子們全都無法專心。球員和球迷一樣沒勁，甚至連對手球隊，來自將近六十五公里遠的艾克斯堡，都顯得士氣低落。比賽開始後十分鐘，又來了一架直升機，場上的每個女孩都停止動作，充滿不安地望著天空。

正如大家預期，蒙特老師漸漸移步，走近一群女人身旁。這是全校最公開的祕密了，蒙特老師對海藍德老師很感興趣，她是七年級的數學老師，大學畢業才兩年，年輕貌美的她，是七、八年級所有男同學的暗戀對象，而蒙特老師對她的愛慕之情也很明顯。蒙特老師單身，年約三十五歲，顯然是全校最酷的男老師，而且他導師班上的十六個男同學都極力慫恿他追求這位女老師。

蒙特老師開始採取行動，西奧也是。他準確地預測蒙特老師的注意力會全部集中在別處，那正是他悄悄離去的完美時機。西奧和其他三個同學偷偷從球場溜走，不一會就已經踩著腳踏車迅速離開學校。他們刻意讓這個搜救隊規模變小，昨天就是人太多了，所以有太多意見、太多活動，以致於引起巴德這樣的警察關注；更何況，西奧和伍迪今天在學校規畫尋人任務時，志願參加的人變少了，西奧感受到這件事有多急迫，但其他同學並沒有這種感覺。他們的確很擔憂，但大多數人認爲一群孩子騎著腳踏車找人根本是浪費時間。警方有特種部隊、直升機、獵犬和充沛的人力，如果這樣還找不到愛波，那搜救行動還有什麼希望。

西奧、伍迪、艾倫和雀斯重回戴爾蒙區，花了幾分鐘時間四處查看，先確定沒有警方的蹤跡，接著他們迅速發送傳單，張貼尋人啓事。他們巡視好幾棟空屋，搜查廢棄公寓後方的空地，亦步亦趨地沿著雜草叢生的排水溝前進，還檢查了兩座橋下的狀況，事情感覺滿有進展的，此時伍迪的哥哥來了電話。接到電話後，伍迪整個人僵住，只是專注地聽著，然後向隊友們報告：「他們在河裡發現什麼了。」

「是什麼？」

「還不確定，不過我哥正在使用警方的雷達掃描器探測，他說那台機器狂叫個不停。現在所有警察都往那邊去了。」

西奧毫不猶豫地說：「走吧。」

他們騎著腳踏車，飛快地離開戴爾蒙區，經過斯托騰學院，然後進入市中心，離主街東側愈來愈近的時候，他們看到很多警車和成群的警察轉來轉去。街道已經封鎖了，大橋下也拉起警戒線，緊張凝重的氣氛一觸即發，還有可怕的噪音，兩架直升機在河面上盤旋著。市中心的店老闆和顧客都站在人行道上，大剌剌地盯著遠處的河岸，彷彿在等著看好戲。此時所有車輛或船隻皆已改道，不得行經大橋或河道。

西奧他們看著這副景象時，一輛警車緩緩開到他們身邊，駕駛搖下車窗、齜牙咧嘴地說：「你們這些小子在這裡做什麼？」又是巴德警官。

「我們只是在騎腳踏車啊，這又不違法。」西奧說。

「別自以爲聰明，布恩小子。要是被我看到你，或是其他小子接近那條河，我發誓一定把你們抓起來。」

西奧想到好幾種反擊的說法，但每一種都會招來更多麻煩。所以他咬著牙，禮貌地說：

「是，警官。」

巴德自鳴得意地笑著，然後開車往大橋方向前進。

「跟我來。」伍迪說，他們一行人飛快地離去。伍迪住在一個叫作「東波堤」的地方，原本是塊靠近河床的小高地，不過最後還是漸漸成爲河岸的低地。那是個惡名昭彰的地方，由狹窄的街道、陰暗的巷弄、小溪流和沒有出口的死路組成。這個社區大致上還算安全，卻曾傳出遠超過現實的軼聞怪事。伍迪的父親是位有名的石匠，畢生都在東波堤度過，他們家像是個部落組織，有一堆姑姑阿姨、叔叔舅舅，以及表兄弟姊妹，全都住在同一區。

在他們與巴德警官見面過後十分鐘，這幾個男孩疾駛穿越東波堤，沿著河岸騎在一條高高升起的蜿蜒泥土路上。伍迪像發瘋似地向前騎，其他人則吃力地跟著。這是他的地盤，打從六歲開始，伍迪就騎遍這些河邊小路。他們經過一條碎石子路，俯衝下坡，從路的一側衝出，懸空了好一會才落地，走上另一條小徑。西奧、艾倫和雀斯嚇得半死，卻又興奮得捨不得減速，而且他們下定決心，非跟上伍迪不可，不然誰知道下一秒那小子會不會說些什麼有的沒的。最後他們終於滑行減速，在一個長滿雜草的小高台停了下來，河流就在下方，從這裡可以透過樹叢看得很清楚。

「跟我來。」伍迪說，他們將腳踏車停在原處，然後抓住藤蔓，從懸崖邊跳到一塊岩石平地，下面就是揚希河了。這裡的視線完全不受阻礙。

朝北約一點五到三公里處，是一排排河老鼠住的白色屋子，在那之上就是大橋了，現在上面停滿了警車。河的另一側，靠近大橋的地方，來了一輛救護車。很多警察在船上，他們身上戴著全套潛水設備，情勢感覺很緊張，幾乎到了狂亂的程度。警笛響個不停；警方四處奔走；直升機低空盤旋，監視一切。

他們發現了什麼。

這幾個男孩在懸崖邊坐了很久，卻沒怎麼交談。這個尋人、搜救，或者說是移除的任務進行得緩慢無比。他們每個人都在想一樣的事：他們正看著一個眞實的犯罪現場，而受害者正是他們的朋友愛波．芬摩，她在這裡遭受可怕的傷害，接著被遺棄在河邊。顯而易見的，她應該已經死了，因爲大家看起來並不急著把她從河裡救起、送醫急救。愈來愈多警車抵達現場，愈來愈多的混亂。

最後雀斯冒出一句話，並沒有特別針對誰說：「你想那是愛波嗎？」

伍迪突兀地回答：「不然會是誰哩？可不是每天都有屍體隨著河流進入這座城市。」

「現在沒人知道那是誰，或者那是什麼。」艾倫說，他總是能找到某種反駁伍迪的方法，誰叫那位同學對任何事都喜歡驟下結論。

西奧的手機在口袋裡發出震動聲，他瞄了一眼，是布恩太太從辦公室裡打來的。「是我媽。」他緊張兮兮地說，隨即接起電話。

「嗨，媽。」

電話那頭的西奧媽媽說：「西奧，你在哪裡？」

「剛離開足球場。」他邊說邊對同學眨眼。這不完全是謊話，但也絕對不是實話。

「嗯，現在警方似乎在河裡找到一具屍體，在對岸靠近橋的地方。」她說。其中一架直升機，兩側機身醒目地漆著紅黃兩色，寫著「第五頻道」，正在傳送最新消息回電視台，而全斯托騰堡的居民或許都在看實況轉播。

「身分確認了嗎？」西奧問。

「不，還沒。不過西奧，這不可能會是好消息。」

「糟透了。」

「你什麼時候要來事務所？」

「我二十分鐘後到。」

「好，西奧，你路上小心。」

救護車駛離河邊，往橋上走去，一列警車從旁護送著。這個隊伍在橋上加快速度，橫越揚希河離去，留下直升機殿後。

「走吧。」西奧說。他們爬上懸崖，踩著腳踏車離開。

布恩&布恩事務所的一樓有一間寬敞的法律圖書室，就靠近前門艾莎工作的地方，她在那裡眼觀四面、耳聽八方。圖書室是西奧在整棟建築裡最喜歡的地方，他熱愛那一排排看起來很重要的大部頭書，也愛皮製的大椅子，還有那張桃花心木打造的大會議桌。他們在這個房間裡進行各種會議，包括擬定書面證詞、庭外和解談判，以及布恩太太開庭前的準備，她偶爾必須爲了離婚案件上法庭。布恩先生不需要上法庭，他是一名不動產律師，平時鮮少離開樓上的辦公室，不過他有時候還是會用到圖書室，在那裡處理不動產交易的結案。

他們在圖書室裡等西奧，房間裡的大螢幕平面電視正在播報當地新聞，他的父母與艾莎都在。西奧走進圖書室後，媽媽給了他一個擁抱，然後艾莎也抱了他一下。他挑了靠近電視的位置坐下，媽媽和艾莎分別坐在他左右兩側，她們倆輕拍西奧的膝蓋，彷彿他剛從死裡逃生。新聞報導全圍繞在找到一具屍體這件事，以及這具屍體已經被運送到市府停屍間，而權威人士正對它做各種重要的檢查。其實記者並不知道在停屍間裡發生的事，而且又找不到願意透露消息的目擊者，所以她只是喋喋不休地胡扯，一如往常。

西奧很想告訴大家，他在那個河邊的制高點看得一清二楚，不過要是說了，只會讓事情變得更複雜。

記者說，當地警方正與來自國家犯罪實驗室的警官密切合作，希望在幾個小時內發掘更多眞相。

「那可憐的女孩。」艾莎說，這話她已經說了不只一次。

「你爲什麼這麼說？」西奧問。

「什麼意思？」

「你不知道那是不是個女孩，也不知道那是不是愛波，目前爲止，我們什麼都不知道，不是嗎？」

房裡的三個大人對看了一眼，兩個女人繼續輕拍西奧的膝蓋。

「說得沒錯。」布恩先生說，但只是爲了安慰他兒子。

新聞報導再度秀出傑克·利浦的照片，已經是第一百次了吧，接著說明他的背景資料。此時很明顯的，這個報導再也變不出新把戲了，說來說去都是老掉牙的故事，於是布恩先生悄悄離開，布恩太太有客戶在大廳等著，而艾莎也得去接聽電話。

西奧最後起身，前往他位於這棟建築另一側的辦公室，法官也跟在旁邊。有很長一段時間，西奧只是摸摸法官的頭，對牠說話，這樣他們倆都會好過些。西奧把腳放在書桌上，環視自己的小辦公室，他的目光停留在牆上那幅他最愛的畫。那是一幅精細的鉛筆素描，總是讓他會心一笑，上面畫的是少年律師西奧·布恩，他穿西裝打領帶出庭，頭頂上飛來一個法槌，旁邊的陪審團在哈哈大笑，大大的標題寫著：「駁回！」在畫的右下角有畫家潦草的簽

名：愛波．芬摩。這幅畫是西奧去年的生日禮物。

她的畫家生涯在還沒開始前，就已經結束了嗎？愛波死了嗎？這個甜美的十三歲女孩，因爲沒人照顧她，所以就被殘忍地綁架、殺害了嗎？西奧覺得嘴巴好乾，雙手也止不住顫抖。他將房間的門關上鎖好，走到那幅畫前，輕輕碰觸那個名字。他的眼眶溼了，開始哭泣；他跌坐在地上，哭了很久很久。法官窩在他身旁，神情哀傷地望著他。

第9章

一小時後，天漸漸黑了。西奧坐在他的小書桌前，那其實是一張玩撲克牌用的桌子，加上律師的基本配備——每日行事曆、小電子鐘、假的鋼筆組、西奧的木刻名牌。代數作業簿攤開在他眼前，他也已經盯著它看了很久，卻無法讀進一個字或翻下一頁，他的筆記本也打開在旁邊，頁面一片空白。

他滿腦子都是愛波的事，從遠方看著警方從揚希河邊撈出她的屍體，那種恐懼感一直盤據在他心頭，揮之不去。

事實上，他並沒有看到屍體，只看到警方和潛水人員圍繞著某個東西，手忙腳亂地將它搬運上岸。那是一具遺體，很明顯是個死人，不然警方為什麼要在現場忙進忙出？過去一週，甚至過去一年，斯托騰堡並沒有其他失蹤人口，尋人名單上只有那麼一個名字。西奧確信愛波已經死了，傑克．利浦綁架、謀殺了愛波，棄屍揚希河。

西奧等不及看利浦的審判了，他希望法官趕快開庭，就在離他家幾條街遠的郡立法院。他會分分秒秒盯著這場審判，即使蹺課也在所不惜，也許他會以證人的身分被傳喚，他還不知道要在證人席上說些什麼，但他絕對會使盡渾身解數讓利浦定罪，讓他永遠消失。那會是他一生中的關鍵時刻，被傳喚作證，走進座無虛席的法庭，將手放在聖經上宣誓所言絕無虛假，然後坐上證人席，對在上位的亨利．甘崔法官微笑，對好奇的陪審團投以自信的眼神，然後環視人數眾多的旁聽民眾，最後在此公開的法庭上，毫不畏懼地怒視傑克．利浦那張令人憎惡的臉。

西奧想得愈多，就愈中意這個場景，畢竟自己極有可能是愛波被綁架之前的最後通話對象，他將作證說明愛波當時有多恐懼，而且最讓人驚訝的是，她只有一個人在家。

破門而入！歹徒究竟是怎麼進屋子裡的？這會是個關鍵。或許只有西奧知道，愛波當時嚇壞了，她將所有門窗都上了鎖，甚至用椅子卡在門把下方，既然沒有闖空門的痕跡，表示她認得那個綁匪。她的確認識傑克．利浦，而對方用某種方式說服愛波把門打開。

西奧在腦海中重複播放他和愛波的對話，現在他確信自己一定會被檢方傳喚作證。幾分鐘之內，他想像著自己站在法庭的模樣，卻又突然將這些想像拋諸腦後，這場悲劇帶來的震撼再度襲來，他的眼眶又溼了，喉嚨緊緊的，胃也有點痛，他需要人陪伴。艾莎下班了，陶樂絲和文森也是，媽媽在房門上鎖的辦公室和客戶談事情，爸爸在樓上整理成堆的文件，試著完成某個大案子。西奧從地板上站起來，跨過法官，看著愛波給他的那幅畫，他再度輕撫她的名字。

他們上托兒所時就認識了，雖然西奧並不記得確切的時間和當時的狀況。四歲的孩子碰面時並不會互相自我介紹，大概是他們倆都出現在托兒所裡，就自然而然地認識了。愛波跟他同班，他們的老師是森辛太太。一、二年級的時候，愛波分到另外一班，所以他們幾乎碰不到面；到了三年級，隨著年紀增長，某種自然的力量開始運作，讓男生和女生完全不想與對方為伍。西奧隱約記得，愛波搬走了一、兩年，他已經忘了這個人，大部分的同年級生也都不記得她，但西奧清楚記得愛波回來的那一天。那是六年級開學後的第二週，當時的班導師是漢克先生，教室門一開，愛波走了進來，副校長陪著她，他向大家介紹愛波，還說到她們家重新搬回斯托騰堡。成為班上的焦點似乎讓愛波覺得很困窘，後來她在西奧旁邊坐下，瞥了他一眼說：「嗨，西奧。」他微笑以對，卻說不出話來。

多數班上的同學都記得她，雖然她很安靜，甚至可以說是害羞，卻很快和其他女同學重拾友誼。她不是超受歡迎的那一型，因為她不想那樣；她也不是不受歡迎的那一型，因為她待人很真誠、貼心，還有種超齡的成熟。她有些神祕，讓大家忍不住東猜西猜；她頭髮留得很短，而且打扮得像個男孩；她對運動、電視或網路都不感興趣，卻在另一方面展現強烈興趣。愛波喜歡畫畫、研究藝術，成天喊著要搬到巴黎或聖塔菲定居，她說在那裡除了畫畫，她什麼都不做，就連那些讓所有同學甚至老師們摸不著頭緒的當代藝術，她也愛得不得了。

不久之後，關於她有個奇怪家庭的八卦傳開了，以月分命名的哥哥姊姊、沿街叫賣羊乳酪的怪媽媽，還有那個總是不在家的爸爸。六年級一整年下來，直到七年級，愛波逐漸變得退縮，更加鬱鬱寡歡。她在班上話很少，缺席的天數比誰都多。

當荷爾蒙開始作祟，男生和女生之間的高牆倒下了。對這些男孩來說，若是能交個女朋友是件很酷的事，於是愈可愛、人緣愈好的女生，愈容易被追求或名花有主，但愛波除外。她對男生興趣缺缺，對打情罵俏也一竅不通，可以說她對什麼都漠不關心，彷彿迷失在自己的世界裡。

西奧喜歡愛波，已經喜歡很久了，但他太過害羞，又想太多，就是無法採取行動，而且愛波看起來是這麼遙不可及。

事情發生在二月底某個飄雪的午後，他們在上體育課，七年級的兩個班級在巴特．泰勒老師的命令下，進行爲時一個鐘頭的魔鬼訓練，那位體育老師年紀輕輕且自命不凡，總以爲自己是海軍訓練營的隊長。這群男女同學結束短跑訓練後，西奧突然覺得喘不過氣來，他朝著某個角落跑去，從背包裡抓出吸入器，狠狠地吸了好幾口。這種情況偶爾會發生，儘管同學們都能理解，西奧總是覺得很難堪。老實說，他的身體狀況可以不用上體育課，但他還是堅持跟大家一起。

泰勒老師適度地表示關切，然後帶西奧到旁邊的露天座位休息，西奧覺得丟臉極了。正當老師往回走、開始邊吹哨子邊吼人的時候，愛波・芬摩突然脫隊，走到西奧旁邊坐下，兩人靠得非常近。

「你還好嗎？」愛波問。

「我沒事。」西奧回答，他開始覺得或許氣喘並沒有那麼糟，愛波一隻手放在他的膝蓋，擔心全寫在臉上。

場上傳來一聲吼叫：「喂，愛波，你在幹嘛？」是泰勒老師。

她冷冷地回頭說：「我在休息。」

「哦？這樣嗎？我沒准你休息吧？回到隊伍站好。」

對此，她冷冰冰地重複這句話：「我說，我在休息。」

泰勒老師停了半晌，才勉強說出：「那你爲什麼要休息？」

「因爲我也有氣喘症狀，就跟西奧一樣。」

那一瞬間，沒人知道愛波說的是眞是假，但似乎沒有人想再追究，泰勒老師尤其不想。

「那好吧，好的。」他說完就開始對其他同學吹哨子。在西奧年輕的生命旅程中，他第一次覺得有氣喘眞令人興奮。

剩下的那堂體育課，西奧和愛波膝蓋靠著膝蓋坐著，一起看其他人在場上揮汗如雨、抱怨連連，他們咯咯偷笑那些運動神經不好的同學，模仿泰勒老師的樣子，班上某些他們不喜歡的同學也成爲他們八卦的對象；他們還講悄悄話，談了很多生活上的大小事。就在那一晚，他們在臉書上互加對方爲好友。

急促的敲門聲嚇了西奧一跳，他爸爸的聲音傳來：「西奧，快開門。」

西奧快步走去開鎖，把門打開。

「你還好嗎？」布恩先生問。

「我沒事。」

「聽好了，剛才來了兩個警察，他們說要跟你談談。」

西奧很困惑，一時不知道該說什麼。爸爸繼續說：「我不知道他們想知道什麼，也許只是要蒐集更多愛波的背景資料。我們去圖書室談吧，你媽和我會陪著你。」

「呃，好。」

他們在圖書室裡碰面。西奧走進圖書室時，史萊德和開普蕭警探正站著和布恩太太談話，神色凝重。他們彼此介紹後，各自坐下，西奧坐在爸媽，也就是兩位律師中間。兩位警探坐在他們正對面，一如往常，史萊德負責說話，開普蕭負責記錄。

史萊德先開場：「很抱歉這麼突然造訪，不過或許你們也聽說了，今天下午在河裡撈出了一具屍體。」

三個布恩家人點頭回應。西奧並不打算說出他在對岸的制高點觀看警方行動這件事，除非必要，他並不打算多說什麼。

史萊德繼續說：「犯罪實驗室的人正在努力辨識這具遺體的身分。坦白說，這個任務並不容易，因爲遺體已經嚴重地，或者該說是，呈現某種程度地腐壞。」

西奧的心被緊緊揪住，喉嚨也痛了起來，他拚命告訴自己不要哭。愛波，腐壞？他只想回家，回房間，鎖上門，躺上床，盯著天花板看，然後陷入昏迷，一年後再醒來。

「我們跟她媽媽談過了。」史萊德輕聲說，聲音帶著無比的耐心和同情。「她告訴我們，你是愛波最好的朋友，你們倆無話不說，時常在一起玩，是眞的嗎？」

西奧只是點頭，說不出話來。

史萊德看了開普蕭一眼，開普蕭會意地看了看對方，手上的筆卻從未停過。

「西奧，我們得知道愛波失蹤時所穿的衣物，任何相關訊息都好。」史萊德說。開普蕭補充說：「犯罪實驗室裡的屍體上，殘留著部分衣物，這有助於身分辨識。」

開普蕭一說完，史萊德接著說：「在她媽媽的協助下，我們列了一張愛波的衣物清單。芬摩太太說，你或許也送過她一、兩件衣物，像是棒球夾克之類的。」

西奧困難地吞了吞口水，試著把話說清楚：「是，警官。我去年送給她一件雙城隊的棒球夾克和一頂棒球帽。」

開普蕭的筆動得更勤快了。史萊德說：「你可以形容一下那件夾克的樣子嗎？」

西奧聳聳肩說：「可以，是深藍色的夾克，滾著紅邊，明尼蘇達州的顏色，背面是用紅色和白色寫的『雙城隊』幾個大字。」

「是皮革、棉布，還是人造纖維？」

「我不曉得，可能是人造纖維吧。我想內裡的部分是棉的，但不是很確定。」

兩位警探交換了一個事情可能不妙的眼神。

「可以告訴我們爲什麼送她這件夾克嗎？」史萊德說。

「嗯，我在雙城隊的網站上玩遊戲，這是我贏得的獎品。但既然我已經有兩、三件雙城隊的夾克，這件乾脆就送給愛波，而且那是M號的，童裝尺寸，我穿起來太小。」

「她是棒球迷嗎？」開普蕭問。

「那倒不是，她對體育活動不感興趣，那個禮物比較像是在開玩笑。」

「她經常穿那件夾克嗎？」

「我從沒看她穿過，那頂球帽我也沒看她戴過。」

「爲什麼選雙城隊？」開普蕭問。

「那眞的有那麼重要嗎？」布恩太太從會議桌的一側丟出疑問。開普蕭的身子縮了一下，彷彿被打了一巴掌。

「不，我很抱歉。」

「你們究竟想知道什麼？」布恩先生逼問。

不約而同的，兩位警探呼出一大口氣，然後深呼吸。史萊德說：「我們在愛波的衣櫃或房間，或是整棟屋子裡，都找不到那件夾克。我想我們可以假設，愛波穿著它出門，當時的氣溫十五度左右，她大概是隨手抓了件外套。」

「那遺體上的衣物呢？」布恩太太問。

不約而同的，兩位警探扭動身體，然後對看一眼。史萊德說：「布恩太太，在這個時間點，我們眞的不方便說。」他們可能收到指令，必須三緘其口，然而他們的肢體語言並不難懂。西奧所形容的那件夾克，和屍體上的衣物吻合，至少西奧是這麼解讀的。

他的父母點點頭，彷彿對一切了然於心，但西奧並非如此，他的心裡有一堆問題想問警方，但現在的他沒有力氣發飆。

「牙齒紀錄比對呢？」布恩先生問。

兩位警探皺著眉搖頭。「沒辦法做。」史萊德說。這個答案透露了許多可怕的畫面，找到的屍體毀損得太厲害，連下巴都不在了。

布恩太太迅速接話：「那DNA比對呢？」

「正在進行。」史萊德說：「但至少要三天才會有結果。」

開普蕭緩緩闔上他的筆記本，把筆放回口袋，史萊德看了看他的手錶。兩位警探突然說要離開了，他們已經取得所需的資訊，如果再待下去，布恩一家可能會提出更多關於案情偵查的問題，而他們並不想回答。

他們謝過西奧，表達對他朋友的關切之情，然後向布恩夫婦道別。

西奧仍坐在會議桌旁的位子上，眼神空洞地望著牆面。他的思緒現在混雜著懷疑、悲痛和恐懼。

第10章

雀斯．惠普的媽媽也是一名律師，而他爸爸從事電腦方面的生意，布恩法律事務所的電腦系統就是他負責安裝的。兩家人是好朋友。這天下午，兩位媽媽突然覺得應該讓孩子們轉移一下注意力，也或許每個人都需要想點別的。

從西奧有記憶開始，他爸媽手上總是持有斯托騰學院的籃球和足球隊所有比賽的季票。斯托騰學院是一所以人文學科爲主的小學校，離市中心約八個街區遠。他們固定買票的原因有好幾個：一是爲了支持當地球隊，至少看個幾場比賽，儘管布恩太太不喜歡足球，籃球對她也不是非看不可的東西；再來就是爲了學校那位個性急躁的球隊教練了，他不只自稱是頭號球迷，還老是纏著布恩夫婦，要他們支持球隊，這就是小鎮的人際關係啊。如果布恩夫婦抽不出空看球賽，他們通常會把票轉送給客戶，怎麼說都是一門好生意。

布恩家和惠普家在體育場外的售票窗口碰面。這座名爲「紀念廳」的體育場位於校園中心，建於二〇年代。他們匆匆忙忙進場，找到靠近中間、往上數第十排的位子，此時比賽已經開始三分鐘，斯托騰學院的學生席滿滿都是人。西奧坐在雀斯旁邊、靠走道的位子，兩位媽媽不時關照孩子們，好像覺得在這麼糟糕的一天，她們的兒子需要特別照顧。

雀斯和西奧一樣喜歡運動，但他的角色是觀眾，而非上場比賽的選手。雀斯在某些方面是個天才，他是個瘋狂科學家，或者說是化學實驗狂，非常熱中各種實驗。有一次，他把家裡的儲藏小屋給燒了，另外一次，則差點把他們家的車庫蒸發掉。因爲他的實驗充滿傳奇色彩，斯托騰堡中學每一位教科學的老師，都特別留意他的動向，只要有雀斯在實驗室，什麼東西都會變得非常危險。不只這樣，雀斯還是電腦神童、科技狂、超級駭客，這些也造成不少問題。

「下注的情形怎樣？」西奧悄悄問雀斯。

「支持斯托騰的佔八成。」

「誰說的？」

「綠報❺。」三級籃球賽基本上並不受賭徒或投機客的青睞，但在某些境外網站還是可以下注。西奧和雀斯不是賭徒，他們也不認識任何下注的人，不過看看哪一個隊伍比較被看好也滿有趣的。

「我聽說發現屍體的時候，你們幾個在河邊都看到了。」雀斯說，小心翼翼地不讓旁邊其他人聽到。

「誰告訴你的？」

「伍迪啊。他什麼都跟我說的。」

「我們沒有看到屍體，好吧，我們的確看到某個東西，但距離太遠了。」

「我想那一定是屍體，不是嗎？我的意思是，警方在河裡找到一具屍體，你們在現場什麼都看到了。」

「雀斯，我們談點別的好嗎？」

到目前爲止，雀斯對女生不感興趣，對愛波更加不感興趣，而愛波對雀斯，當然也沒意思。愛波對男生漠不關心，西奧除外。

球賽暫停時，斯托騰學院的啦啦隊翻身上場表演。她們跳上跳下，將隊友們騰空拋來拋去，西奧和雀斯看到呆住，專注地觀賞。對兩個十三歲的男孩來說，啦啦隊這段短短的表演實在太讓人著迷了。

暫停時間結束後，球員再度上場，比賽繼續進行。布恩太太回頭看看兩個男孩，惠普太太也是。

「她們幹嘛一直看我們？」西奧對雀斯嘀咕。

「因爲她們擔心我們啊，西奧，這就是爲什麼我們在這裡？爲什麼我們看完比賽要去吃披

❺綠報（Greensheet），以德州休士頓為總部的社區報。

薩？她們覺得我們現在超脆弱的。因爲某個逃獄的壞蛋抓走了我們的同學，還把她丟到河裡去。我媽說，現在所有爸媽都這樣特別保護小孩。」

斯托騰學院的主力球員身高雖然遠遠不到一百八十公分，卻成功灌籃，全場觀眾爲之瘋狂。西奧試著不去想愛波的事，還有雀斯，盡量專心看比賽。中場休息時，兩個男孩去買爆米花，在路上，西奧打電話給伍迪詢問最新消息。伍迪和他哥哥正在監聽警方的無線電通訊，同時在網路上搜尋，但是到目前爲止，警方什麼都沒宣布。沒有屍體辨識的結果，什麼都沒有，一切都靜悄悄的。

桑多斯是一家道地的義大利披薩店，就在斯托騰學院附近，西奧很喜歡這家餐廳，因爲那裡總是有一大票學生在超大電視螢幕前看球賽轉播。布恩和惠普兩家人找了一張桌子坐下，點了兩大片「桑多斯世界級西西里披薩」，西奧現在沒有力氣思考那披薩是否眞有世界級的名聲，不過對這件事他保持懷疑態度，就像他懷疑葛楚的胡桃鬆餅，或是達德利先生的薄荷軟糖一樣。像斯托騰堡這樣的小地方，怎麼可能有多達三種食物達到世界知名的水準？

西奧決定不想了。

斯托騰學院在最後一分鐘輸了這場比賽，布恩先生認爲，都是因爲他們的球隊教練冒失地犯下大錯，他根本沒好好運用暫停時間；惠普先生並不認同這個說法，於是一場君子之爭就此展開。布恩太太和惠普太太兩人都是律師，很快就厭倦了籃球方面的話題，所以她們另起爐灶，開始聊主要法庭重新裝修的提案。西奧對兩個話題都很感興趣，試著兩邊都聽，雀斯則在一旁玩他手機上的遊戲。一些兄弟會的男孩開始在遠處的角落引吭高歌，而吧台的一群顧客正對著電視叫好。

每個人看起來都很開心，一點也不擔心愛波的事。

西奧只想回家。

第11章

星期五早晨，西奧經歷一整晚的好夢、壞夢、小睡、失眠，腦海裡交雜著各種聲音和影像之後，終於決定起床，時間是早上六點半。他坐在床邊想著，今天還會有什麼壞消息呢？此時突然飄進一陣香味，是有人在廚房煎香腸。他媽媽在特別的日子會準備煎餅和香腸，做爲鼓勵先生和孩子的祕密武器。但西奧不餓，他現在沒什麼胃口，在短時間內好像也不會有。睡在床下的法官探出頭來，仰望著西奧，他們倆看起來都很疲倦，一副還沒睡醒的樣子。

「法官對不起，我害你也沒睡好。」西奧說。

法官接受了他的道歉。

「不過話說回來，你本來就可以睡一整天，什麼都不用做。」

法官似乎也同意這個說法。

西奧有股打開筆電、搜尋當地新聞的衝動，但他眞的不想。然後他想去拿遙控器，開電視看，這也是個壞主意。結果他決定做點別的，花了很長一段時間淋浴、穿好衣服、準備好背包。正當他要下樓時，手機響了，是他的伯父艾克。

「哈囉。」西奧說，有點驚訝艾克怎麼會這麼早起床，他明明就不是早起的鳥兒啊。

「西奧，是我艾克，早啊。」

「早安，艾克。」雖然艾克已經六十出頭了，他還是堅持要西奧叫他艾克就好，千萬別加上什麼伯伯叔叔的。艾克不是個簡單的人物。

「你什麼時候要去學校？」

「半小時以後吧。」

「你有時間過來聊一聊嗎？我有一些獨家的八卦，很有趣唷。」

按照他們家的規矩，西奧每週一下午都得去一趟艾克的辦公室，大概會待上三十分鐘，有時候還挺難熬的。艾克老喜歡盤問西奧，關於他的成績、學業、未來等等，乏味沉悶得很。艾克不時就會開始訓人，因爲他自己的孩子已經長大、住得很遠，而西奧是他唯一的姪子。西奧難以想像，艾克怎麼會在星期五早上說要見他。

「當然好。」西奧說。

「快點行動，還有，別對其他人說。」

「沒問題，艾克。」西奧闔上手機後想著，眞是怪了，但他沒時間細想，而且他的腦子已經裝著太多事情。另一方面，法官正在抓門，顯然是因爲香腸的緣故。

伍茲．布恩一週有五天都在鎮上同一家餐廳的同一張桌子，和同一群朋友在同一時間

（七點）吃早餐。因爲這樣，西奧很少在早上看到爸爸。穿著睡袍的媽媽在他臉上親了一下，他們一邊道早安，一邊關心對方昨晚睡得好不好。只要不是被開庭準備纏身，瑪伽拉·布恩會在週五清晨努力打理自己的髮型、手指甲、腳趾等等。身爲專業人士，她很認眞看待自己的外表，而她先生則是個不修邊幅的人。

「沒有愛波的消息。」布恩太太說。微波爐旁邊的小電視開著。

「那是什麼意思？」西奧坐了下來。法官站在爐邊，想盡辦法接近香腸所在地。

「就是什麼也不知道的意思，至少目前是這樣。」媽媽在西奧面前擺了一個盤子，上面有好多塊圓形煎餅、三條香腸，接著她倒了一杯牛奶。

「媽，謝啦，早餐太讚了。那法官呢？」

「當然也有啊。」她一邊說著，一邊放了一個小盤子在狗狗的面前，同樣的菜色，煎餅和香腸。

「大吃一頓吧。」媽媽也坐了下來，看著她兒子面前的豐盛早餐，自己喝了一小口咖啡。

西奧別無選擇，只好裝作飢腸轆轆的模樣大吃特吃。他吃了幾口後說：「超好吃的，媽。」

「我想你今天早上會需要多一點能量。」

「謝謝媽。」

媽媽看著西奧狼吞虎嚥，過了一會說：「西奧，你還好嗎？我是說，我知道這件事非常可怕，你調適得怎麼樣呢？」

大嚼特嚼，比起回答這個問題要容易多了，西奧沒回答。你最要好的朋友被綁架，而且可能被丟到河裡的時候，該怎麼形容那種心情？你那位朋友是個被忽略的孩子，來自一個古怪的家庭，有一對瘋狂的父母，因此她的人生並沒有太多機會，此時你又該如何表達內心的悲傷呢？

西奧繼續咀嚼，當他非得說點什麼的時候，只是咕噥著：「我還好，媽。」那不是實話，不過此時此刻，他也只能這麼說。

「你想談談嗎？」

啊，一個完美的問題。西奧搖頭說：「不，我不想，那只會讓情況更糟。」

她微笑說：「好，我懂。」

十五分鐘後，西奧跳上他的腳踏車，摸摸法官的頭，道別之後咻的一下騎過布恩家的車道，進入馬拉巷。

在西奧出生之前很久，艾克．布恩曾經是一名律師，他和西奧的父母一同創立事務所，這三位律師合作無間，客戶絡繹不絕，一直到艾克做錯了某件事，非常糟糕的事。無論艾克到底做什麼，布恩夫婦在西奧面前絕口不提，西奧本來就是個好奇的孩子，再加上律師父母的教育，這幾年來，他不停挖掘關於艾克一蹶不振的祕密，但成效不彰。他爸爸總是四兩撥千斤地說：「等你年紀大一點，我們再來討論這件事。」而他媽媽的話術是：「你爸有一天會跟你解釋。」

西奧只知道一些大概：一、艾克曾經是一名精明幹練、事業有成的稅務律師；二、後來他鋃鐺入獄，被關了好幾年；三、他被取消律師資格，從此不能再執業；四、服刑時，太太跟他離婚了，帶著三個孩子離開斯托騰堡；五、艾克的孩子們，也就是比西奧大很多歲的表親，西奧從沒見過；六、艾克和西奧爸媽的關係有點僵。

現在艾克擔任一些店家和幾個客戶的稅務顧問，以此餬口。他一個人住在一間小公寓裡，在他的想像中，自己是社會邊緣人，甚至是某種反體制份子。他的服裝品味怪異，一頭灰髮梳成馬尾，腳踩涼鞋到處走，連冬天也不例外，辦公室裡的廉價音響總播放著死之華樂團或巴伯·狄倫的歌曲。他的辦公室在一家希臘熟食店樓上，成排的書架上擺著沒人看的書，是個超級簡陋老舊的地方。

西奧輕快地跳上階梯，開門前敲了敲門，然後漫步走進艾克的辦公室，彷彿這是他家後院一樣。艾克坐在辦公桌前，那張桌子雜亂的程度比起他弟弟的，眞是有過之而無不及。艾克正在小口喝著裝在大紙杯裡的咖啡。「早啊，西奧。」他聽起來脾氣壞得很。

「嗨，艾克。」西奧一屁股坐進桌邊的那張搖晃木椅，「找我有什麼事？」

艾克以手肘撐在桌上，向前傾斜，眼睛又紅又腫。多年來，西奧常聽到大家對艾克酗酒的事竊竊私語，他猜想這也是爲什麼這位伯父的早晨都比別人晚開始。

「我想你一定很擔心你的朋友，芬摩家的女孩。」艾克說。

西奧點點頭。

「那現在別擔心了，那不是她，從河裡打撈出來的那具屍體似乎是個男人，不是女孩，現在還不完全確定，過兩天DNA比對結果就會出來了。不過那個人大約一百七十公分高，你朋友大概只有一百五十幾公分吧？」

「應該是吧。」

「那具屍體腐爛得很厲害，這表示泡在河裡不只一、兩天的時間。你朋友是在星期二深夜或星期三清晨被抓走的，即使綁匪沒多久就把她扔到河裡，也不可能腐壞得那麼誇張。那眞的糟透了，不見的部位很多，差不多在河裡有一週了吧。」

西奧試著吸收這些訊息，嚇壞了，但也鬆了一口氣，臉上不禁泛起一抹微笑。艾克繼續說，西奧覺得自己身體裡的那股緊繃感漸漸紓解了。

「警方會在今天早上九點公布這些訊息，我猜你可能會想早點知道。」

「謝謝你，艾克。」

「但警方不會承認他們最明顯的疏失，也就是說，因爲相信傑克・利浦抓了這個女孩、殺害她、把她丟進河裡的這套說法，他們浪費了過去兩天的時間。其實利浦只不過是個說謊的混混，而警方竟然被誤導去追蹤這傢伙，他們不會提到這件事。」

「誰告訴你這些的？」西奧一說完，立刻想到根本問錯問題，因為伯父不會告訴他。

艾克只是微笑，揉著布滿血絲的眼睛，喝了一大口咖啡說：「我的朋友啊，西奧，而且這些朋友跟當年那些大不相同。他們是這個城市的另外一群人，不是在高樓大廈或是高級住宅區裡的那些，而是熟悉街頭生活的人。」

西奧知道艾克很愛打牌，他的牌友包括退休律師和警察，艾克還很喜歡營造這種自我形象，彷彿他有一群來自暗處的朋友，在幽暗的角落觀察一切，因此他知道所有街頭八卦。就某種程度而言，的確是如此，去年他有個朋友因為經營小型販毒組織被判刑，而他以那個人的會計師身分被傳喚作證，也因此艾克的大名出現在報紙上。

「我知道很多事，西奧。」他加了一句。

「那河裡撈出的那個人又是誰？」

他又啜了一口咖啡。「我們或許永遠不會知道，警方已經追查到上游三百多公里的地方，在過去這個月沒有任何失蹤人口。你聽說過貝茲案嗎？」

「沒聽過。」

「大約在四十年前。」

「艾克，我今年十三歲。」

「也是，總之案子發生在魯斯堡那裡。某天晚上，一個叫貝茲的無賴僞造了自己的死亡事件，他不知怎麼找到了一個不知名的傢伙，襲擊他、把他拖進車裡，那是一輛很不錯的凱迪拉克，然後他讓車子衝進大水溝，點火引燃。警方和消防隊員趕到現場時，車子已經是一團火焰，最後只找到一堆灰燼，於是他們猜想死者應該是貝茲先生，接著按慣例舉行了喪禮、入土儀式等。貝茲的太太因此取得壽險賠償，大家也忘了這個人，直到三年後，他在蒙塔納州某個酒吧外頭被捕。他們把這個傢伙抓回這裡進行審判，貝茲也承認自己的罪行。但最大的疑問是，那個在他車裡被燒成灰的傢伙是誰？貝茲先生說他也不知道，說是某個晚上搭他便車的男孩，連名字都還沒問，不到三小時，男孩就變成了一堆灰燼，只能說他上錯車了。貝茲被判終生監禁，目前還在牢裡服刑。」

「艾克，重點是什麼？」

「重點是，我親愛的姪子，我們可能永遠也無法得知被拖出河的那具屍體是誰。外頭有一堆形形色色的人，包括遊民、流浪漢、流動工人和無家可歸的人，他們生活在社會底層，沒有名字，也沒有具體的容貌，只是從一個地方流浪到另一個地方，偷偷跳上火車或搭便車，在樹林間或橋下尋找棲身之處。他們離群索居，有時候，悲劇就那麼發生了。他們生存的世界既粗暴又艱困，我們很少看到那些人，因爲他們不想引人注目。我的猜測是，那具警方下了很多工夫的屍體究竟是誰，將永遠無法確認，但這並不是重點，好消息是，那並不是你的朋友。」

「謝謝你，艾克，我眞的不知道該說什麼。」

「我想你或許需要一些好消息。」

「這個消息太好了，艾克，我幾乎要擔心死了。」

「她是你女朋友嗎？」

「不是，只是一個很好的朋友。她有個怪異的家庭，我猜我是她少數幾個能說說心事的朋友之一。」

「西奧，她有你這樣的朋友眞幸運。」

「謝啦，也許吧。」

艾克鬆懈下來，把腳放到桌上，又是拖鞋，還配上亮紅色的襪子。他喝了一小口咖啡，對西奧微笑著說：「你清楚她爸爸的事嗎？」

西奧不安地扭動著身子，不確定該說些什麼。「我在她家見過一次。幾年前，愛波的媽媽爲她舉辦了一場生日派對，那簡直是場災難，因爲大部分受邀的同學都沒去。那些人的父母都不希望孩子去芬摩家玩，不過我去了，還有其他三個人，那時候看到她爸在家裡閒晃。她爸爸留著鬍子和一頭長髮，在我們小孩面前好像很窘的樣子。這些年來，愛波跟我說了很多事，她爸爸來來去去的，但她比較喜歡爸爸不在家的時候。她爸爸會彈吉他、寫歌，是一些愛波覺得很難聽的歌，不過他還是夢想成爲了不起的樂手。」

「我知道那傢伙。」艾克得意地說：「或者應該說，我對他知道的還不少。」

「怎麼個不少法？」西奧問，他一點也不訝異艾克認識另外一個怪人。

「我有個朋友偶爾跟他一起玩音樂，說他是個遊手好閒的人，成天和一群中年男子組成的三流樂團鬼混，一群失敗的傢伙。他們有些小型的巡迴演出，在酒吧和兄弟會裡表演，我猜搞不好還嗑藥。」

「聽起來是這樣沒錯，愛波跟我說，有一次她爸爸失蹤了一整個月，我想她爸媽常常吵架，那是個很不快樂的家庭。」

艾克緩緩起身，走向擺在書櫃的音響，他按了個鈕，民謠之類的樂曲安靜地響起，艾克邊說邊調整音量：「嗯，如果你問我的意見，警方應該調查那位父親才對，也許他帶著那個女孩離開了。」

「我覺得愛波不會跟他走耶，她不喜歡她爸，也不信任他。」

「爲什麼她到現在還沒試著跟你聯絡？她沒有手機，或是筆電嗎？你們倆不是一天到晚在線上聊天？」

「警方在她房間裡發現她的筆電，她爸媽也不准她用手機。有一次她告訴我，她爸爸痛恨手機，所以也不用那種東西，他一旦上路，就不希望被誰找到。我相信如果情況許可，愛波一定會試著跟我聯絡，或許那個帶她走的人不讓她接近電話。」

艾克坐了下來，看著他桌上的記事本。西奧該去上學了，即使他走所有捷徑，學校離這裡還是有十分鐘的路程。

「我來調查一下她爸爸的事。」艾克說：「放學後打給我。」

「謝謝你，艾克。還有，我想這是最高機密吧？這個關於愛波的好消息？」

「爲什麼是機密？再過差不多一小時，警方就要宣布這個消息了，我還覺得他們昨天晚上就應該告知大眾了，但你知道，警方不會這樣的，他們就是喜歡開個記者會什麼的，愈戲劇化愈好。你想告訴誰就告訴誰吧，我沒差，大家有權知道事實。」

「太好了，那我去學校的路上就打電話跟媽說。」

第12章

十五分鐘後，蒙特老師已經讓全班安靜下來，比平常容易得多，這群男孩再度陷入了沉默。儘管有很多小道消息，但大家只是竊竊私語，蒙特老師看著他們，然後沉重地說：「男士們，西奧這裡有愛波的最新消息。」

西奧緩緩起身，走到教室前方。鎮上他最崇拜的律師之一名叫傑西．米爾班，只要是米爾班律師負責的案子，西奧一定竭盡所能去旁聽。就在去年夏天，米爾班控告一家民營鐵路公司導致一名年輕女子的悲劇性身亡，那場審判長達九天，西奧沒有一天缺席。他的表現棒透了，西奧最喜歡看米爾班律師出庭的模樣，他保持一貫的優雅，卻總是不忘其目的，絕不匆忙，也絕不浪費時間。他準備好發言時，會直視法官或陪審團，在說出第一個字之前戲劇化地停半拍；當他發言時，感覺非常友善，像是在聊天般即興演出，卻是字字珠璣，沒有半個贅字。米爾班律師一說話，大家都專心聆聽，而且他鮮少輸掉官司。西奧自己一個人在房間或辦公室的時候（當然得先把門鎖上），他時常針對某個想像中的案子，假裝對陪審團發表戲劇性的演說，每當這個時候，米爾班律師就是他的模仿對象。

他走到全班面前，只稍停了一秒，確定大家的注意力集中後，開始說：「正如各位所知，昨天警方在河裡找到了一具屍體，媒體全都在報導這件事，而且各方報導都暗示著，那就是愛波．芬摩（爲了營造戲劇效果，西奧暫停了一下，看著大家迷惘的雙眼）。然而，我這邊有個可靠的消息來源指出，那並非愛波。那具遺體是一百七十公分高的男性，而且這個可憐人已經泡在水裡很長一段時間了，他的屍身腐爛得相當厲害。」

大家都忍不住露出笑容，甚至還聽到一、兩聲鼓掌。因爲西奧認識鎮上每一位律師、法官、書記官與幾乎所有警察，他的話在朋友和同學之間特別有分量，尤其是這一類的事。假如主題是化學、音樂、電影或南北戰爭，他就不是專家了，也不會故意裝作很懂，但說到法律、法院、刑法體系，西奧絕對是個權威人士。

他繼續說：「今天早上九點，警方會對媒體公布這個消息，這當然是個好消息，但事實是，愛波仍然下落不明，而警方對此毫無頭緒。」

「那傑克．利浦呢？」艾倫問。

「他仍舊是嫌犯，但他並不願意合作。」

這班男孩突然開始吱吱喳喳地討論，他們問西奧更多不著邊際的問題，而西奧其實也回答不出來，但他們還是你一言我一語地說個不停。鐘聲響起時，他們才匆匆忙忙趕去上第一堂課，蒙特老師也興沖沖跑到校長室報告這個好消息。星火燎原似的，消息一下子就在辦公室和教師休息室傳開了，然後蔓延到大廳、教室，連廁所和餐廳也不例外。

九點前幾分鐘，校長葛萊德威爾太太以校內廣播中斷授課，再度無預警地要求所有八年級生盡速到大禮堂集合。前天也發生一樣的事，當時校長企圖安撫大家內心的恐懼。

同學們魚貫進入大禮堂後，兩位警衛將一台大型電視推上前，葛萊德威爾校長催促著大家趕緊就座，全體人員坐定後，她才說：「各位同學，請注——意！」她有種惹人厭的說話方式，老是喜歡亂拉長音，所以那個「注」聽起來比像是「豬嗚嗚嗚」。午餐時間或是在操場上，她那套說話方式常常成爲模仿的主題，尤其是男同學最愛演出的項目。校長身後，是進入靜音模式的晨間電視脫口秀，她繼續說：「九點整，警方會對愛波・芬摩的案子發表重要的宣告，而我認爲，倘若我們能觀看現場轉播，一同分享這份喜悅，那該有多麼美好啊。請豬嗚嗚嗚意，現在不准發出聲音。」

她瞥了手錶一眼，再瞄了一眼電視。「現在讓我們轉到第二十八頻道。」她對兩位警衛發號施令。斯托騰堡各有兩個有線和無線電視台，二十八頻道是公認最可靠的，其實是這家電視台犯的錯誤比其他台少的意思。西奧看過一場二十八頻道被告的大審判，是一位醫生控告電台記者做了與他相關的不實報導，陪審團站在醫生那一邊，西奧也是，最後電視台付了一大筆賠償金。

二十八頻道正在播放晨間脫口秀，不是以新聞爲主題，而是以某位名人離婚案件中聳動的最新消息爲題，幸虧已經轉成靜音模式，所有八年級生耐心而安靜地等待著。

禮堂的牆上有個鐘，當分針指向九點五分時，西奧開始不安了，有些學生開始竊竊私語。此時名人離婚的主題已結束，進入「打造美嬌娘」的單元，一些特別有型的專家拚命下功夫，想辦法改造一個長相平凡、身材稍胖的新娘。健身教練爲了創造玲瓏曲線，對新娘尖叫個不停；一個手上塗著指甲油的男人重新塑造她的髮型；一個奇裝異服的人來幫她塗抹新娘妝。一波又一波的打造任務絲毫不間斷，但新娘還是沒什麼變。到了九點十五分，婚禮已經要開始了，打造完成的新娘與原本的模樣判若兩人，但即使沒有聲音，還是可以明顯地感受到，新郎比較喜歡之前他求婚時新娘的模樣。

然而此時，西奧已經緊張到什麼都不在乎了，蒙特老師溜到他身邊，輕聲問道：「西奧，你確定警方會發布消息嗎？」

西奧很有自信地點頭說：「那當然，蒙特老師。」

但事實上，所有的信心早就消失殆盡了，西奧怪自己幹嘛要做個大嘴巴？何必裝出什麼都知道的樣子？他也怪艾克，西奧好想偷偷拿出手機，傳簡訊問艾克，問他警方現在究竟在做什麼？無奈學校對手機的使用有嚴格的限制，只有七、八年級生可以攜帶行動電話，但任何通話、簡訊或電子郵件的傳送，必須等到午休或下課時間才能進行，要是你被抓到在其他時間使用，那麼很抱歉，你的手機就會被沒收。八年級生約有半數以上擁有手機，但還是有很多父母拒絕讓孩子用這些玩意。

「喂，西奧，現在是怎樣？」艾倫．黑勒伯拉開嗓門問，他坐在西奧後面第三個位子。

西奧微笑，然後聳聳肩說：「這種事從來不會準時的。」

那位胖新娘終於結婚了，接下來是晨間新聞。印度的洪水奪走了上千人的性命，倫敦遭到怪異的暴風雪襲擊，新聞一一播放著，現在進行到主持人專訪名模的單元。

西奧覺得彷彿全體師生都盯著他看，因爲太焦慮了，他的呼吸變得急促，腦海中閃過更糟的念頭：萬一艾克錯了？萬一艾克相信的情報有誤，而其實警方還無法確定屍體的事？

那西奧不就變成大傻蛋了？絕對是大傻蛋沒錯，但這並不算什麼，假如警方撈出的屍體眞的是愛波的話。

他突然站起來，走向蒙特老師和其他兩位老師站的地方說：「我有個主意。」他仍然裝作很有自信的模樣。「你們爲什麼不打電話給警察局，打聽一下現在的情況？」

「要打給誰呢？」蒙特老師問。

「我這裡有電話號碼。」西奧說。

葛萊德威爾校長走了過來，對西奧皺眉。

「西奧，你爲什麼不自己打呢？」蒙特老師說，這話正是西奧想聽的。他看著校長，謙遜有禮地說：「請問我可以到大廳打個電話給警察局嗎？」

校長對現在這個狀況也感到很緊張，所以她很快地說：「當然可以，動作快。」

西奧迅速消失無蹤。進入大廳後，西奧快速拿出手機，按了艾克的號碼，沒人接；他再撥警察局的電話，忙線中；他接著打給在事務所的艾莎，打聽有沒有什麼最新消息，答案是沒有；最後他再打給艾克，沒人接。在這麼糟糕的狀況下，還能打給誰？他絞盡腦汁仍然想不出來，看看手機上的時間顯示：九點二十七分。

西奧盯著那通往禮堂的大鐵門，那裡有一百七十五個同學和十多位老師在等著愛波的好消息，是西奧親自帶到學校，而且以充滿戲劇效果的方式傳播的好消息。儘管知道他應該打開那扇門，回到他的位子坐下，但他好想離開這裡，溜到學校的某個角落躲一、兩個小時，可以說是因爲胃痛，或是氣喘發作了，躲在圖書館或體育館都不錯。

門把發出喀答一聲，西奧立刻將手機靠在耳邊，假裝正講到最重要的部分，蒙特老師走出禮堂，疑惑地看著西奧，用嘴型問：「沒事嗎？」西奧微笑著點頭，看起來像是正在跟警方通話，而對方照著他所說的做。於是蒙特老師又走了回去。

西奧有幾條路可走：一、逃跑、躲起來；二、爲降低傷害程度，撒個小謊，比方說警方的公告延後了；三、按照目前計畫進行，祈禱奇蹟趕快發生。他好想對艾克丟石頭，但現在只好咬緊牙根推開門了，每個人都轉頭看他，葛萊德威爾校長立刻撲過來問：「西奧，怎麼樣了？」她眉毛高聳，眼神逼人。

「現在隨時會宣布。」西奧說。

「你跟誰通話了？」蒙特老師問了一個很直接的問題。

「他們有些技術上的問題。」西奧巧妙地閃避那個問題。「只要再幾分鐘。」

蒙特老師皺著眉頭，一副難以置信的模樣。西奧快步走回他的位子，想在人群中變得隱形，他專注地盯著電視螢幕，一隻狗跳了出來，叼著兩把刷子，正在白色的帆布上作畫，他的主人見狀後開懷大笑。拜託，西奧對自己說，誰來救救我。九點三十五分了。

「西奧，還有什麼獨家消息嗎？」艾倫高聲問著，好幾個同學都笑了。

「至少我們現在不用上課。」西奧回嘴。

又過了十分鐘，會畫畫的狗下場了，現在換成一名肥嘟嘟的廚師，他試著堆出一座蘑菇塔，不幸失敗後，差點沒哭出來。校長走到電視前方，惡狠狠地瞅了西奧一眼，然後說：「好了，現在你們該回去上課了。」

說時遲那時快，二十八頻道突然閃過「新聞快報」的畫面，其中一名老師解除了靜音模式，校長迅速讓出螢幕前方的位置，西奧呼了一口氣，感謝從天而降的奇蹟。

警察總長站在講台後方，他身後還有一排身穿制服的警官，最右邊是穿外套打領帶的史萊德警探，每個人看起來都精疲力竭。總長宣讀一頁的講稿，他公布的訊息和艾克兩個小時前對西奧所說的完全相同。他們在等ＤＮＡ的比對結果，但他們幾乎可以確定，從河裡打撈出來的屍體，不可能是愛波．芬摩。接著他開始描述屍體的身長和現況等細節，表示警方正在盡全力辨識其身分，營造出一種案情有所發展的假象。至於愛波，他們正在追蹤許多線索，記者們丟出一堆問題，總長也說了不少，但結果等於幾乎什麼也沒說。

記者會結束後，八年級全體同學都鬆了一口氣，但仍然很擔心。警方不知道愛波在哪裡，也不知道是誰把她帶走的，傑克．利浦依舊是主要嫌犯，但至少愛波沒死，就算她眞的怎麼了，目前也還沒有任何確實的消息。

他們離開大禮堂，往教室方向前進時，西奧提醒自己，下次一定要更加小心謹愼，這次他差點就淪爲全校最大的笑柄。

午休時間，西奧、伍迪、雀斯、艾倫和其他幾個同學邊吃三明治，邊討論是否該繼續進行他們的搜救行動。天氣實在不樂觀，氣象預報說下午會有豪雨，還會持續到晚上。日子一天天過去，相信愛波還在斯托騰堡的人愈來愈少，既然沒人相信能找到她，那又何必這樣沿街尋人呢？

西奧決心要繼續尋找愛波，不論晴天或雨天。

第13章

化學課上到一半，外頭開始風雨交加，窗戶砰砰作響，西奧試著專心聽塔伯切老師上課，卻意外地聽到有人叫自己的名字。又是葛萊德威爾校長，她透過校內廣播說：「塔伯切老師，西奧．布恩在教室嗎？」她尖銳的聲音讓全班同學和塔伯切老師都嚇一大跳。

西奧心跳差點停止，立刻在椅子上坐正。要不然這個時候自己會在哪裡？西奧心裡想。

「他在。」塔伯切老師回答。

「請讓他來一趟校長室。」

西奧緩慢地走到大廳盡頭，他想破頭還是不知道爲什麼校長要叫他去辦公室。現在時間是星期五下午兩點左右，一週的生活即將進入尾聲，多麼悲慘的一週啊。難道校長還在爲了那場延後的記者會不高興？西奧覺得應該不會，因爲結果是好的呀。這一整個星期，西奧也沒做什麼壞事，沒有違反規定或惹誰生氣，大部分的課業也都順利完成。他決定不傷腦筋了，沒有什麼好煩惱的吧。就在兩年前，校長的大女兒因爲離婚弄得很不愉快的時候，瑪伽拉．布恩還當過她的律師呢。

那個愛管閒事的葛洛莉雅小姐正在講電話，揮手叫西奧去大辦公室，葛萊德威爾校長在門口等著，她帶西奧走進辦公室。「西奧，這是安東。」她邊說邊關上門。安東是個瘦巴巴、皮膚黝黑的孩子。校長繼續說：「他是史班絲老師班上的六年級學生。」西奧跟安東握手說：「很高興認識你。」

安東什麼都沒說，他的手軟弱無力，西奧立刻猜到了，這孩子可能有大麻煩，而且現在嚇得半死。

「坐下吧，西奧。」西奧在安東身旁的椅子坐下後，校長說：「安東來自海地，幾年前搬到這裡，和親戚們住在市中心外圍的巴克利街，就在採石場附近。」她說到「採石場」的時候，意有所指地看了西奧一眼。那一區的名聲不佳，事實上，住在那裡的人多半是低收入戶或移民，非法和合法的都有。

「他的父母在外地工作，安東是由祖父母照顧。你知道這種東西嗎？」她邊問邊遞給西奧一張紙，西奧快速瀏覽過後說：「噢，天啊。」

「西奧，你對動物法庭熟嗎？」她問。

「嗯，我去過那裡好幾次，我家的狗就是從動物法庭救回來的。」

「你可以解釋一下這個狀況給我和安東聽嗎？」

「當然，這是規則三傳票，由動物法庭的葉克法官所發出。這裡說，昨天動物管理局的人已經將皮特帶走，關起來了。」

「他們跑來家裡把牠帶走。」安東說：「說牠被逮捕了，皮特非常生氣。」

西奧還在讀傳票上的文字。「這裡還說，皮特是一隻非洲灰鸚鵡，年齡不詳。」

「皮特今年五十歲，在我們家很多年了。」

西奧瞄了安東一眼，注意到他眼眶泛紅。

「聽證會的時間是今天下午四點，在動物法庭。葉克法官會聽兩邊的說法，然後決定該怎麼處置皮特。你知道皮特做了什麼事嗎？」

「他嚇到了一些人。」安東說：「我只知道這樣。」

「你可以幫忙嗎，西奧？」葛萊德威爾校長問。

「可以啊。」雖然西奧這麼說，但心裡有點猶豫。說實話，西奧是眞的喜歡動物法庭，因爲在那裡任何人都可以代表自己發言，連十三歲的八年級生也不例外。動物法庭不需要律師，尤其是葉克法官的法庭，更是走隨興路線。葉克與法律界的人格格不入，曾經被好幾所事務所掃地出門，他無法勝任一名律師的職責，但也不甘願擔任全鎮最低階的法官。多數律師都會迴避「貓咪法庭」，從這個別名就知道，那實在太沒尊嚴了。

「謝謝你，西奧。」

「但我現在得離開了。」他說，很快地想了一輪。「我需要一些時間準備。」

「好，你可以走了。」校長說。

下午四點整，西奧走下樓，進入法院的地下室，沿著地下一樓大廳前進，經過儲藏室後直走，最後終於在一道木門前停下，最上方用黑色印刷字體寫著「動物法庭，葉克・塞吉法官」。他既興奮又緊張，還有什麼地方能讓一個十三歲的孩子為當事人辯護，就像真的律師那樣？西奧手提皮製公事包，那是艾克以前用的公事包之一，他推開門走進去。

不管皮特到底做了什麼，牠的表現顯然相當傑出，西奧從沒在動物法庭看過這麼多人出席。小小的法庭左邊，被一群神情不悅的中年女子占據，她們全都身穿緊身馬褲和黑色高統靴；法庭右邊坐著安東和兩位老人家，他們坐在離那群女人最遠的角落，三個人看起來都嚇壞了，西奧悄悄走到他們身邊打招呼。安東對西奧介紹他的祖父母，不過他們的名字對西奧而言過於奇特，不可能第一次聽就記住。他們的英文還可以，不過有濃濃的口音。安東對著他奶奶不知道說了什麼，然後她看著西奧說：「你是我們的律師嗎？」

西奧想不出別的說法，於是回答：「是的。」

安東的奶奶突然開始哭泣。

某一扇門開了，葉克法官從後面的某處走出來，停在法官的長椅前坐下。他一如往常，穿著牛仔褲、牛仔靴，沒打領帶，只是套了一件老舊的運動服外套，貓咪法庭的法官不需要穿什麼黑袍。他拿起一張紙，環視四周，判決摘要書上的案子鮮少吸引他的注意，大部分都是誰的貓啊狗的被動物管制局的人抓走，一旦遇上稍微有點爭議性的案子，他就會特別樂在其中。

他響亮地清了清喉嚨，然後說：「現在我們要開始進行鸚鵡皮特的案子，牠的飼主是瑞格尼爾夫婦。」他看著法庭裡的幾個海地人，以確認其身分。西奧說：「庭上，我代表這些，呃，這些飼主。」

「喔，哈囉，西奧，這陣子還好嗎？」

「我很好，謝謝法官。」

「有一個禮拜沒見了吧？」

「是，法官。我這陣子挺忙的，你知道的，學校和一些其他的事。」

「你爸媽還好嗎？」

「嗯，他們很好。」

西奧第一次出現在動物法庭是在兩年前，他在最後一秒提出抗辯，拯救了一隻沒人要的米克斯犬。後來他帶著那隻狗回家，將牠命名為法官。

「請走上前來。」葉克法官說，西奧領著瑞格尼爾一家三人穿越小門，走向法庭右邊的桌子。他們就位後，法官說：「這次的申訴是由凱特．史潘格勒與茱蒂．克羅斯兩位所提出，她們是SC馬會的業主。」

一位穿著正式的年輕人突然跳出來宣布：「是的，庭上，我在此代表凱特．史潘格勒與茱蒂．克羅斯兩位女士。」

「你又是誰？」

「庭上，我是麥克林事務所的凱文．布雷茲。」布雷茲雄赳赳、氣昂昂地走到長椅，手持嶄新閃亮公事包，放了一張名片在法官面前。麥克林事務所由二十多位律師組成，公司歷史悠久。西奧從沒聽過這位布雷茲先生，很明顯的，葉克法官也沒聽過。這位年輕律師滿滿的自信心在此並無用武之地，這點顯而易見，至少西奧是這麼認為。

西奧的肚子突然抽痛了一下，這次他的對手是眞的律師呢！

布雷茲妥善安頓好他的客戶，兩位女士已在法庭左邊坐定。每個人都各就各位後，葉克法官說：「嘿，西奧，你不會剛好也是這隻鸚鵡的主人吧？」

「不，我不是。」

「那你在這裡做什麼？」

西奧坐著回答，動物法庭裡，可以省略一切繁文縟節。律師們坐著討論案情，證人不用上證人席，也不用宣誓所言絕無半點虛假，採用證物沒有特定規則，也沒有陪審團。葉克法官很有效率地進行聽審，當場做出判決，儘管是一份沒有發展性的差事，他的判決仍以公正無私聞名。

「呃，這個嘛……」西奧的開場氣勢有點弱，「您知道的，庭上，安東和我上同一所學校，而且他們家是從海地來的，他們不了解這裡的制度。」

「這裡有誰了解嗎？」葉克咕噥著。

「而我在這裡的理由，是爲了幫朋友一個忙。」

「了解，西奧。不過一般來說，寵物飼主會自己出庭辯護，或請律師幫忙出面。你不是飼主，也不是律師，目前還不是。」

「是，法官。」

凱文·布雷茲咚的一下跳起來，尖銳地發言：「庭上，我反對那個人出庭。」

葉克法官緩緩將目光從西奧這邊移開，然後重重落在凱文·布雷茲那張急切的臉上，停了好長一段時間。訴訟進行到一半嘎然而止，氣氛緊張，沒有人敢說話，甚至不敢呼吸，直到葉克法官說：「坐下。」

布雷茲回到座位，葉克法官說：「然後待在那裡，除非我叫你，不然動都別動。布雷茲先生，現在我在處理西奧·布恩能否出庭的爭議，你看不出來嗎？這還不夠明顯嗎？我不需要你的協助，你的反對無效，不是駁回，也不是認可，而是完全不需理會。」法庭裡一片沉寂，葉克法官望向坐在左側的那一群女士。

他指著她們問：「那些人是誰？」

布雷茲緊緊抓著椅子的把手說：「庭上，這幾位是證人。」

葉克法官看起來對這個回答很不滿意。「好，這是我的做法，布雷茲先生，我喜歡明快的節奏，我不喜歡太多證人，你找來一堆證人說一樣的話，會讓我耐心全失。布雷茲先生，懂了嗎？」

「是，法官。」

法官看著西奧說：「布恩先生，謝謝你對這個案子的關心。」

「不客氣，法官。」

庭上看著手上的一張紙，然後說：「好的，那我想現在該是跟皮特見面的時候了。」他對著那位萬年書記官點點頭，於是對方離開法庭，不一會兒，便領著一位身穿制服的法警走進來。法警拎著一個鐵絲網做的廉價鳥籠，他將籠子安置在靠近葉克法官長椅的角落。籠子裡就是皮特本尊，牠是一隻非洲灰鸚鵡，從喙到尾部總長超過三十五公分。牠身體不動，只轉著頭研究這陌生的地方。

「你應該就是皮特吧？」葉克法官說。

「我是皮特！」皮特的聲音清亮又尖銳。

「很高興認識你，我是葉克法官。」

「葉克、葉克、葉克。」皮特嘎嘎叫著，幾乎全場的人都笑了，除了那些穿黑長統靴的女士。她們現在眉頭皺得更深了，一點也沒被皮特取悅到。

葉克法官緩緩呼了口氣，彷彿覺得這場聽審可能會比他所希望的還長。「傳你的第一位證人。」他對凱文・布雷茲說。

「是，庭上。我想我們就從凱特・史潘格勒女士開始。」布雷茲移動身體重心，轉頭看著他的客戶。這位先生很明顯地想站起來、在法庭內四處走動，卻被困在椅子裡。他拿起律師專用的筆記本，上面寫得密密麻麻的，然後開始說：「你是SC馬會的老闆之一，對嗎？」

「是。」史潘格勒女士是一位年約四十中旬的瘦削女子。

「你經營SC馬會多久了？」

「這重要嗎？」葉克法官立刻打斷他，「請說明這個問題與我們正在進行的案子之間的相關處。」

布雷茲想試著解釋：「呃，庭上，我們有必要證明……」

「在動物法庭裡，並沒有必要，布雷茲先生。史潘格勒女士，請告訴我發生什麼事，不管你的律師跟你說了什麼，請全部忘記吧，只要告訴我，這隻皮特到底是怎麼惹你生氣的？」

「我是皮特。」皮特說。

「是，我們知道。」

「葉克、葉克、葉克。」

「謝謝你，皮特。」法官停了半晌，確認皮特已經說完了以後，對史潘格勒女士揮手示意。史潘格勒女士開始說明：「嗯，事情發生在上週二，我和其他四位學員在騎馬場裡，正在進行訓練課程，除了我以外，四個學員都騎著馬。突然這隻鳥不知道從哪裡冒了出來，在離我們頭頂不遠的地方，嘎嘎嘎發出各種噪音。馬兒們嚇壞了，都往馬廄跑，我差點被踩死，貝蒂．斯洛克因此跌倒，傷了手臂。」

貝蒂．斯洛克立刻站起來，讓每個人都能看到她打了石膏的左臂。

「那隻鳥再度俯衝下來，就像瘋狂的神風特攻隊，還跟在馬匹後面窮追不捨……」

「神風、神風、神風。」皮特脫口而出。

「給我閉嘴！」史潘格勒女士對皮特大叫。

「拜託，牠只是一隻鳥。」葉克法官說。

皮特開始說一些沒人聽得懂的話，安東倚向西奧低聲說：「牠在說克里奧語。」

「牠說什麼話？」葉克法官問。

「牠在說克里奧語，庭上。」西奧解釋：「那是牠的母語。」

「牠說了什麼？」

西奧悄悄問安東，安東也小聲地回答。「您不會想知道的，庭上。」西奧這麼報告。

皮特閉上嘴，大家又等了一分鐘左右。葉克法官看著安東，輕聲問：「如果叫牠不要說話，牠會乖乖聽話嗎？」

安東搖頭說：「牠不會，法官。」

又一陣沉默。「請繼續。」葉克法官說。

茱蒂．克羅斯女士接下去說：「然後第二天，在差不多的時間，我正在教學的時候，牠又來了。當時五名學員騎在馬上，我對他們高聲喊出指令，像是『走』、『停』、『小跑步』之類的。我完全沒發現牠正在偷看，牠躲在騎馬場旁邊的某棵橡樹上，突然開始喊：『停！停！停！』」

皮特就像得到暗示一樣大喊：「停！停！停！」

「知道我在說什麼了吧？他這麼一喊，所有馬兒都停下腳步，我試著忽視牠的存在，告訴我的學員保持冷靜，別理那傢伙，然後發出指令：『走！』馬兒們才要開始行動，牠又大喊：『停！停！』」

葉克法官舉起雙手，要求保持安靜，等了幾秒後說：「請繼續。」

茱蒂．克羅斯說：「牠安靜了幾分鐘，我們索性不理牠，學員們都專心練習，馬兒們也很鎮定，牠們慢慢前進，沒想到牠又突然大喊：『小跑步！小跑步！』馬兒聽到指令就開始行動，在騎馬場裡狂奔。簡直是一場混亂，我本人也差點被踩過去。」

皮特嘎嘎叫著：「小跑步！小跑步！」

「知道我在說什麼了吧！」茱蒂．克羅斯的怒氣宣洩而出，「牠已經騷擾我們超過一個禮拜了。某一天牠像炸彈般俯衝下來，嚇壞所有馬匹，第二天牠偷偷摸摸接近，躲在樹上，等一切安靜下來，牠就開始大喊指令。牠是隻邪惡的鳥，現在我們的馬兒都嚇得躲在馬廄，不敢出來。學員們紛紛要求退費，害得我們生意都做不下去了。」

挑中最佳時機，皮特說：「你是胖子。」

牠等了五秒，再說一次：「你是胖子。」牠的聲音在整個房間裡迴響，大家都愣住了，大部分的人開始盯著自己的鞋子或靴子看。

茱蒂．克羅斯勉強吞了吞口水，緊緊閉上眼睛、握緊拳頭、眉頭深鎖，彷彿承受極大痛楚。她是個大骨架、大塊頭的女人，這樣的身體總是承載較多的重量，而且效果並不理想。從她的反應得知，多年來體重已形成各種複雜議題，深深困擾著她，儘管奮戰不懈，卻一直輸得很慘，茱蒂對這個問題超級敏感，她每天都有一場硬仗要打。

「你是胖子。」皮特再度提醒她，這是第三次了。

葉克法官努力壓制住想爆笑的自然反應，挺身而出說：「好，那麼我們可以假設其他人的證詞是類似的嗎？」馬會的其他女士們點點頭，其中有些人甚至有點畏縮，幾乎是想躲起來，原有的那股狠勁不知道去哪兒了。要在這種時候站出來說皮特的壞話，需要很大的勇氣，天曉得那隻鳥還會不假思索地說出什麼話來批評她們或她們的身材？

「還有別的嗎？」葉克法官問。

凱特．史潘格勒女士說：「法官，請您一定要處置牠。這隻鳥讓我們蒙受莫大損失，現在已經在賠錢了，這不合理啊。」

「你希望我怎麼做？」

「我不在乎你決定怎麼做，看是要讓牠安樂死還是怎樣都好。」

「你想要牠被處死？」

「停！停！」皮特尖叫。

「或者你可以剪斷牠的翅膀。」茱蒂．克羅斯附和她的戰友。

「停！停！」皮特繼續叫，然後他開始說克里奧語，連珠炮似地對那兩個女人飆出一堆不悅耳的字眼。牠罵完後，葉克法官轉向安東問：「牠說什麼？」

安東的祖父母咯咯笑著，用手摀著嘴。

「是一些眞的很難聽的話。」安東回答：「牠不喜歡那兩個女人。」

「了解。」葉克法官再度舉雙手，要求肅靜，皮特馬上懂了。「布恩先生換你了。」

西奧說：「嗯，法官，我想如果由我朋友安東稍微介紹一下皮特的背景，對案情會有所幫助。」

「請開始。」

安東清清喉嚨，緊張兮兮地說：「是，法官，皮特今年五十歲了，牠是我爸爸小時候，爺爺在海地送他的禮物，所以皮特在這個家有很長一段歷史。多年前我祖父母移民到這個國家時，皮特也跟著過來。非洲灰鸚鵡是世界上最聰明的動物之一，就像您所看到的，皮特聽得懂很多字，牠了解別人在說什麼，甚至能夠模仿人類的聲音。」

安東說話時，皮特很專心地看著他。好熟悉的聲音啊，皮特開始大叫：「安迪、安迪、安迪！」

「我在這裡，皮特。」安東說。

「安迪、安迪。」

安東停頓了一會，然後繼續說：「鸚鵡喜歡每天進行某些例行公事，而且牠們需要至少一個小時的自由活動時間。每天下午四點，我們會放皮特出籠，原本以為牠就是飛到後院去晃晃而已，現在我想不只是這樣。馬廄離家裡超過一點五公里，牠一定是闖到那個地方去了，我們非常抱歉，但請不要傷害皮特。」

「謝謝你的說明。」葉克法官說：「好，那麼布雷茲先生，我應該怎麼處置皮特呢？」

「庭上，顯而易見，飼主無法控制這隻鳥，那是他們的責任。折衷的辦法之一，就是請庭上指示飼主剪去他的翅膀。我已經詢問過兩名獸醫和一名野生動物專家，他們都說這種措施並不罕見，而且費用不高，也不會很痛。」

皮特以最高分貝叫著：「你是笨蛋！」

有人笑了出來，布雷茲面紅耳赤。葉克法官說：「好，夠了。帶牠到後面去吧。皮特，可憐的老小孩，你現在得離開法庭了。」法警抓住鳥籠，帶皮特離開。門關上後，還聽得到皮特用克里奧語拚命咒罵。

等法庭再度安靜下來後，葉克法官說：「布恩先生你呢？你建議怎麼做？」

西奧毫不猶豫。「庭上，我建議緩刑，請再給我們一次機會。我的朋友們會想辦法管束皮特，不讓牠接近馬廄。我想他們之前並不知道皮特在外頭做了些什麼，也不知道牠惹麻煩了，他們眞的感到非常抱歉。」

「那如果牠再犯呢？」

「那就應該執行較嚴厲的懲處。」西奧知道凱文．布雷茲所不知道的兩件事。第一，葉克法官傾向給第二次的機會，而且除非逼不得已，他幾乎不會判動物死刑；第二，五年前，他曾被麥克林事務所炒魷魚，所以他有可能對那家公司心懷怨恨。

正如典型的葉克法官風格，他宣判：「就這麼辦吧，史潘格勒和克羅斯兩位女士，我非常同情你們的處境，假設皮特再度現身騎馬場，請你們錄影存證，隨時準備好手機或相機，拍下皮特搗亂的畫面，然後帶來法庭。如果事情這樣發展，布恩先生，我們將把皮特關起來、翅膀剪斷，飼主將負擔一切費用，而且不再舉行任何聽證會，立即執行。聽清楚了嗎，布恩先生？」

「請稍候，庭上。」西奧對三個瑞格尼爾家的人說明狀況，他們很快地點頭同意。

「庭上，他們懂了。」西奧宣布。

「很好，那他們就要負全責。結論是，皮特得待在家裡。」

「他們可以帶皮特回家了嗎？」西奧問。

「沒問題，我相信動物管理所那些善良的工作人員，現在一定迫不及待想擺脫牠。本案結束，休庭。」

凱文·布雷茲和他的客戶，以及其他穿黑長靴的女人一窩蜂地離開法庭。他們走了之後，法警帶皮特進來，並轉交給安東，他們立刻打開籠子，讓皮特自由。安東的祖父母一邊摸著皮特的背和尾巴，一邊擦眼淚。

西奧悄悄離開，走向長椅，對正在判決摘要書上做筆記的葉克法官說：「謝謝你，法官。」西奧說，聲音小得像耳語。

「那隻鳥不是個壞傢伙。」葉克法官笑著輕聲回答。「可惜我們沒有皮特對著那些馬背上的女士們俯衝攻擊的畫面。」他們倆都悄悄地笑了。

「做得好，西奧。」

「謝謝。」

「愛波・芬摩有消息嗎？」

西奧搖搖頭，沒有。

「我眞的覺得很遺憾，西奧，有人跟我說，你們是好朋友。」

西奧點頭說：「非常好的朋友。」

「現在只能祈禱了。」

「葉克、葉克、葉克。」皮特離開法庭時嘎嘎叫著。

第14章

傑克．利浦願意說話了。他傳了一張紙條給獄警，再轉交到史萊德警探手上。星期五傍晚，利浦從牢房被帶出來，穿越一條老舊的隧道，押送到位於隔壁大樓的警察局。史萊德和他的忠實夥伴開普蕭在同一間陰暗狹窄的偵訊室等著，利浦看起來似乎從他們上次碰面後，就未曾梳洗過的模樣。

「利浦，聽說你有話要說。」史萊德警探的開場白絲毫不客氣，而開普蕭一如往常地開始做筆記。

「我今天跟律師談過了。」利浦說，彷彿以為他現在有了律師，身分就不一樣了。

「哪一位律師？」

「奧古，奇普．奧古。」

就像套好招一樣，兩位警探不約而同地噗哧一笑，還一邊嘲笑了一下。「如果你的律師是這個奧古，那你眞的就玩完啦，利浦。」史萊德說。

「是最糟的一個。」開普蕭說。

「那傢伙不錯。」利浦說：「他感覺比你們這兩個小子聰明多了。」

「你是要來告訴我們什麼消息，還是來鬥嘴的？」

「我兩件事都能做。」

「你的律師知道你找我們說話嗎？」

「知道。」

「那你想說什麼？」

「我很擔心那個女孩，你們這些小丑顯然找不到她。我知道她在哪裡，愈晚找到只會愈糟，她需要有人救她出來。」

「利浦，你眞是太貼心了。」史萊德說：「你抓了那個女孩，把她藏在某處，然後現在你主動說要幫忙找她。」

「這次又想談什麼交易？」開普蕭說。

「猜對了，我會照我說的去做，而你們最好也動作快，因爲外頭還有一個受驚嚇的女孩在等著。關於闖空門，我會認罪，然後在牢裡多待兩年，既然我服刑的時間不管是在加州那混亂的監獄，還是哪裡都是一樣的，那我要待在這裡。我的律師說那些文書作業只要幾個小時就能辦好，只要我們達成協議，取得檢方和法官同意，然後你們就可以找到那個女孩了。時間寶貴，你們兩個小子最好趕快採取行動。」

史萊德和開普蕭緊張地互看一眼，利浦說到他們的痛處。雖然他們覺得利浦很有可能說謊，畢竟他們對他的評價不高，但萬一他說的是實話呢？果眞如此，只要跟他達成協議，就有希望找到愛波。

史萊德說：「利浦，現在是星期五傍晚，將近六點，所有法官和檢察官都下班了。」

「喔，我相信你們一定能夠找到他們，一旦知道有希望救出那個女孩，他們也肯定會一湧而上。」

對話停頓了一會，他們端詳利浦那張滿是鬍渣的臉。假設利浦不知道那女孩的去向，他何必提這個交換條件？如果他幫不上忙，這種認罪協商會立刻作廢。除此之外，目前警方眞的毫無線索，沒有其他嫌犯，一直以來他們就只鎖定利浦一人而已。

「我不介意和檢察官聊一聊。」史萊德屈服了。

「利浦，如果最後發現你在撒謊，我們保證週一就把你打包送回加州監獄。」開普蕭說。

「那女孩還在鎮上嗎？」史萊德問。

「簽協議之前，我不會再吐露半個字。」

拯救皮特之後，西奧準備離開法院，突然艾克傳來簡訊，要西奧去一趟他的辦公室。

艾克的每一天都開始得比一般人晚，所以他一向工作到很晚，星期五也不例外。西奧抵達時，艾克坐在辦公桌前，到處都是成堆的文件，還有一瓶已開罐的啤酒，音響放著巴布·狄倫的音樂。

「我最喜歡的姪子好不好哇？」艾克問。

「我是你唯一的姪子。」西奧邊說邊脫下雨衣，坐在唯一一張沒有堆放文件和資料夾的椅子上。

「是沒錯，但西奧啊，即使我有二十個姪子，你也還是我最喜歡的一個。」

「隨你說吧。」

「你今天過得怎樣？」

西奧早已學會當律師的最大樂趣就是回味成功的滋味，而法庭上的大小戰役就是最好的題材，律師很愛聊形形色色的客戶和五花八門的案子，只要一談到法庭上的高潮迭起，他們更是眉飛色舞。於是西奧開始講述皮特的傳奇故事，艾克聽了忍不住哈哈大笑。想當然耳，葉克法官的社交圈並不是鎮上那些受敬重的律師，和艾克倒是偶爾會在某間酒吧遇上，那裡的客人大多都像他們，不喜歡受社會約束。葉克居然讓西奧在法庭上扮演眞正的律師處理案件，艾克覺得這實在太好玩啦。

故事結束後，艾克話鋒一轉說：「我還是覺得警方應該去調查那女孩的父親，但根據我聽到的消息，到目前爲止，他們還是把焦點放在傑克·利浦身上，根本就搞錯方向了，你不覺得嗎？」

「我不知道，艾克。我不知道該做何感想。」

艾克拿起一張紙說：「他叫做湯瑪斯．芬摩，大家都叫他湯姆。他的樂團叫做『掠奪者』，最近這幾個禮拜正在巡迴演出，團員包括芬摩和其他四個丑角，大多來自斯托騰堡。他們沒有自己的網站，主唱以前是個毒販，很久以前我們打過照面，我設法追蹤到他的現任女友之一，她不願意說太多，不過她說這個團目前巡迴到北卡羅萊納州的羅利市附近，在酒吧或兄弟會的場子做一些低廉的現場表演，這位女友顯然並不十分思念她男友。總之，這是我目前找到的線索。」

「那麼我該做什麼？」

「看你能不能找到『掠奪者』樂團嘍？」

西奧沮喪地搖搖頭。「事實是這樣，艾克，愛波絕對不會跟著她爸離開，我已經跟你說過了。她不信任她爸，而且眞的很不喜歡那個人。」

「而且她嚇壞了，西奧，她是個非常害怕的小女孩，你不知道她當時在想什麼。她媽媽拋下她，身邊又圍繞著一堆瘋子，對吧？」

「對。」

「眞相是沒有關空門這回事，因爲她爸手上有鑰匙，他帶著愛波一起離開，沒人知道他們要離開多久。」

「好，如果愛波跟她爸在一起，她就安全了，是嗎？」

「你說呢？你覺得她跟著『掠奪者』樂團四處流浪安全嗎？對一個十三歲的女孩來說，似乎不適合吧。」

「所以我來負責追蹤『掠奪者』，然後跳上腳踏車，火速前往北卡羅萊納州的羅利市。」

「我們可以晚點再來傷那個腦筋，既然你是電腦高手，開始搜尋吧，看看能找到什麼。」

多浪費時間啊，西奧想。他突然覺得很累，整個星期都處於緊繃狀態，而且還睡眠不足。動物法庭的騷動讓他耗盡最後一絲力氣，現在他只想回家，爬上床睡覺。

「謝謝你，艾克。」他伸手拿雨衣。

「別客氣。」

星期五深夜，傑克．利浦再度銬上手銬，被帶出牢房。他們的會議在監獄中舉行，在那個專門用來讓律師與客戶碰面的房間，利浦的律師奇普．奧古，與史萊德、開普蕭警探，以及一位代表檢方辦公室的年輕女士泰瑞莎．納可思都已經到了。納可思女士立刻掌控全局，二話不說進入正題，既然可以在星期五晚上突然把人叫來，她也不打算客氣。

「沒有交易這回事，利浦先生。」她劈頭就說：「你沒有權利談條件，現在你將因綁架等罪嫌被起訴，那代表可能長達四十年的牢獄生活。如果那個女孩受傷，你的罪名就更多了；如果她死了，你的人生也會跟著結束。對你來說，現在最好的辦法就是說出那個女孩所在，這樣她才不會繼續受到傷害，檢方對你的指控也就不會再增加。」

利浦對納可思女士咧嘴笑了一下，卻保持沉默。

她繼續說：「當然嘍，前提是假設你現在不是在耍我們，但我懷疑你就是在跟我們玩遊戲，法官和警方也這麼想。」

「那你們以後全都會後悔的。」利浦說：「我所做的，不過是給你們一個機會去救那個女孩，至於我，我一直都很清楚我會在牢裡過一輩子。」

「那倒不盡然。」納可思女士回擊，「只要你給我們那個女孩，毫髮無傷，那綁架罪名，我們會改建議二十年的刑期，而且你可以在這裡服刑。」

「加州監獄呢？」

「我們無法介入加州的事。」

利浦猙獰地笑著，彷彿很享受這個瞬間。最後他說：「就像你說的，沒有交易這回事。」

第15章

星期六早晨，布恩一家吃早餐的氣氛很緊繃。一如往常，西奧和法官吃穀片，西奧外加一杯法官沒有的柳橙汁，伍茲．布恩吃貝果配報紙的體育版，瑪伽拉小口喝著咖啡，用筆電瀏覽世界新聞。沒人交談，至少在一開始的二十分鐘內，空氣中仍舊懸著他們之前對話的殘留物，衝突一觸即發。

導致這種緊張氣氛的原因有好幾個。第一，也是最顯而易見的原因，源於星期三凌晨四點，自從他們被警方吵醒，匆忙前往愛波．芬摩家之後，某種灰濛濛的情緒就在這個家裡盤旋不去。日子一天天過去，愛波仍然下落不明，大家的情緒就更低落了，儘管布恩夫婦試著微笑、保持樂觀的態度，但他們三個都知道，再怎麼努力想改變氣氛，恐怕都是徒勞無功。還有一個次要的原因，西奧和爸爸取消了他們的每週計畫，決定不去打高爾夫球了。照往常他們會在每週六早上九點整準時開球，那是他們父子倆每個禮拜的重頭戲。

之所以取消高爾夫行程，則與第三個導致緊張氣氛的原因有關。布恩夫婦即將出城一天，而西奧很堅持要自己一個人待在家，他們以前就為了類似的事吵過，西奧當時輸了，這次他又落敗了。西奧已經詳細地告訴他父母，他知道該怎麼鎖上所有門窗、設定警報系統；他也知道在必要時，可以對鄰居呼救或打一一九；晚上睡覺時，他會用一張椅子卡住門，法官也會睡在他身邊，隨時準備攻擊壞人，他甚至可以帶一根高爾夫球的七號鐵桿上床睡覺。明明他徹頭徹尾、從裡到外都很安全，爸媽卻老是把他當作小孩子，討厭死了。每次爸媽要外出用晚餐或去看電影的時候，他都會斷然拒絕保母的陪伴，這次爸媽要出門一天，卻不准他一個人在家，眞的讓他氣炸了。

他的父母立場堅定不移，他才不過十三歲，這樣的年紀怎麼可以獨自一人在家過夜。西奧老早就開始跟父母協商，甚至不惜一直騷擾他們，結果只得到了十四歲的時候，會再次愼重討論的回應。在這個階段，西奧還是需要有人指導與保護，他媽媽已經爲他安排好去雀斯·惠普家住一晚，要是在一般的情況下，西奧還不會那麼排斥，但雀斯說他爸媽星期六晚上要出門用餐，也就是說，雀斯的姊姊戴芬妮會負責監督他們兩個小男生。戴芬妮今年十六歲，她眞的是一個非常不討喜的女生，總是宅在家裡，因爲沒什麼社交生活，所以每次看到西奧就會忍不住一直跟他聊天、大送秋波。大概三個月前，西奧的爸媽去芝加哥參加喪禮時，西奧去他們家住了一晚，那時候就吃過苦頭了。

他大聲抗議、不停抱怨、擺臭臉、爭辯、嘟嘴，什麼都試過了，卻沒一樣見效。他的週六夜晚已經註定要在惠普家的地下室度過，又矮又胖的戴芬妮會在旁邊說個不停，等他和雀斯玩電動或看電視的時候，還會盯著他看。

布恩夫婦原本考慮取消這次的行程，有鑑於愛波的綁架案，以及全鎮緊張不安的氣氛。他們原先的計畫是開三百多公里的路，前往一個叫做石南溫泉的旅遊勝地，和一群從美國各地來的律師共享幾個小時的歡樂時光，下午還有座談會和演講，接著是雞尾酒會，最後是冗長的晚宴，幾位睿智的老法官與無聊的政客將發表更多演說。伍茲和瑪伽拉在美國律師協會裡很活躍，他們每年都會參加石南溫泉的聚會，今年比起來又更加重要，因爲瑪伽拉預定要和大家分享離婚法的最新趨勢，伍茲也準備好參加一場座談，主題是取消抵押品贖回權所導致的危機。他們倆皆已準備好演說內容，而且非常期待今年的聚會。

西奧向爸媽保證自己絕對不會有事，斯托騰堡小鎮也絕對不會在這二十四小時內思念他們。星期五晚餐時，他們決定要按原計畫進行，而西奧必須去惠普家住一晚，再怎麼大聲抗議都沒用，他就是說不過他爸媽。雖然西奧心裡已經認輸了，但第二天早上一醒來，還是愈想愈不高興。

「西奧，抱歉這禮拜沒辦法打高爾夫球了。」布恩先生把頭埋在報紙的體育版裡說。

西奧不吭聲。

「我們下星期六再補回來，一次打十八洞，這樣好不好？」

西奧悶悶地哼了一聲。

他媽媽關上電腦，看著他說：「西奧，親愛的，再過一小時，我們就要走了。你下午有什麼計畫嗎？」

幾秒鐘過去後，西奧說：「喔，不知道耶。我想我大概會在附近晃一晃，然後等綁匪還是殺人犯出現，等你們開到石南溫泉的時候，我大概已經死翹翹了吧。」

「不要跟你媽耍嘴皮子。」伍茲語氣嚴厲，隨即躲到報紙後面偷笑。

「你在惠普家會玩得很開心的。」媽媽說。

「等不及了呢。」

「現在，回到我剛剛的問題，你下午打算做些什麼？」

「還沒確定，下午兩點，我和雀斯可能會去看球賽，或是去派拉蒙戲院看兩部電影，另外還有一場曲棍球賽。」

「你沒打算繼續找愛波吧，西奧？我們已經談過這件事了，你們這些小男生不要多管閒事，騎著腳踏車到處跑，自以爲是偵探在辦案。」

西奧點頭。

他爸爸從報紙後面探出頭，惡狠狠地看著西奧說：「你可以跟我們保證嗎，西奧？絕對不會有任何搜救行動？」

「我保證。」

「每兩個小時，你要傳簡訊給我，從早上十一點開始，知道嗎？」他媽媽問。

「我知道。」

「還有西奧，要記得微笑，讓世界更美好。」

「我現在不想笑。」

「笑一個嘛，泰迪。」媽媽對西奧微笑著。即使用西奧的小名叫他，他還是一點也高興不起來，媽媽一天到晚掛在嘴邊的「微笑，讓世界更美好」也沒起半點作用。西奧戴著厚厚的金屬牙套已經兩年了，他無法想像這樣一口閃閃發光的鐵絲，會讓看到的人開心到哪兒去。

他們在十點整出發，準確地按計畫進行，他們預計在下午一點半準時抵達。瑪伽拉的演講在兩點半開始，伍茲的座談會三點半開始；兩人身為忙碌的律師，每天都繞著時鐘打轉，過著分秒必爭的生活。

半小時後，西奧把東西裝進背包，往事務所出發，法官如影隨形地跟在旁邊。正如他期待，布恩&布恩事務所裡沒半個人，他父母很少在週末來辦公室加班，其他員工當然也不會來。他開了鎖進門，解除警報裝置，打開通往圖書室的燈。這個房間靠近大門，長形的窗戶眺望前方的小草坪和街道，裡面不論是看起來還是聞起來，感覺都是個了不起的地方。律師或律師助理不需要使用這個房間的時候，西奧常待在這裡做功課。他幫法官盛了一碗水，再從背包裡拿出他的筆電和手機。

前一個晚上，他已經花了幾個小時上網查掠奪者樂團。不論如何，要他相信愛波三更半夜跟著她爸爸離開實在很難，但艾克的說法比任何西奧自己想到的各種可能性都強。再說，不然西奧這個週末要做什麼？

西奧搜尋羅利、德罕和教堂山這三個城市，目前爲止都沒發現任何掠奪者樂團的行蹤，他找到數十家音樂廳、俱樂部、私人宴會場、音樂會場地、酒吧和夜店，甚至是婚禮，其中一半左右有自己的網站或臉書粉絲團，但沒有一個地方提到「掠奪者」這個樂團，他還找到三份地下週報，上面記錄著上百個提供現場表演的地點。

西奧拿起事務所的電話，按照英文字母順序，開始一個個聯絡。第一個接通的是一家位在德罕的便宜小店，叫做「艾比的愛爾蘭玫瑰」，有一個沙啞的聲音從話筒中傳來：「艾比的店，你好。」

西奧試圖盡量壓低聲音說：「你好，請問掠奪者樂團今天晚上會在店裡表演嗎？」

「聽都沒聽過這個團。」

「好，謝謝。」他很快地掛上電話。

羅利的「布萊迪烤肉店」裡的一個女人說：「我們今天晚上沒有樂團表演。」

西奧精心設計他的提問，想讓每個問題都能換取最多訊息。「請問掠奪者樂團在店裡表演過嗎？」

「沒聽過他們。」

「謝謝。」

他試了一家又一家，一步步從名單上的A往Z前進，卻哪兒也到不了。艾莎收到電話費帳單時，很有可能提出合理的疑問，果眞如此，西奧會站出來承擔後果，他或許可以先跟艾莎坦承一切，告訴她爲什麼要打這些電話，然後請她先幫忙付電話費，別告訴他父母，總之那件事晚點再來解決。除了用事務所的電話外，別無他法，因爲他媽媽嚴格控管他的手機，要是她看到帳單上的一堆通話紀錄是打到羅利、德罕一帶的酒吧，西奧恐怕就得全盤托出了。

第一線希望來自教堂山，一個叫做「牽引力」的地方，對方是一個很熱心的年輕人，可能不比西奧大多少，他說他覺得掠奪者樂團好像幾個月前在店裡表演過，他請西奧稍候，然後去找一個叫艾迪的確認。後來他們確認掠奪者樂團已經結束在那裡的演出後，那個年輕人說：「你不會是想預約他們的演出吧？」

「可能會吧。」西奧回答。

「千萬不要，那個團連蒼蠅都不愛呢。」

「謝啦。」

「他們是去兄弟會表演的那種團。」

十一點整，西奧傳簡訊給媽媽：我自己在家，連續殺人犯在地下室。

媽媽回覆：不好笑，媽媽愛你。

我也是。

西奧繼續努力，打了一通又一通電話，還是幾乎沒有任何掠奪者樂團的消息。

雀斯差不多中午的時候抵達，他也帶了筆電。西奧此時已經跟超過六十位店經理、酒保、女服務生、保鑣通過電話，喔，還有一位不大會說英文的洗碗工。那些簡短的對話讓西奧確定了一件事，「掠奪者」是個很糟的樂團，根本沒幾個人要聽他們的音樂。有一個在羅利的酒保，雖然號稱「認識所有巡迴到本地的樂團」，卻也不得不承認沒聽過「掠奪者」，其中還有三個人表示，「掠奪者」是那種只能到兄弟會場子表演的樂團。

「我們來調查兄弟會好了。」雀斯說：「還有那些姐妹會。」

西奧和雀斯沒多久就發現羅利、德罕一帶的學院、大學多如繁星，最明顯的目標則是杜克大學、北卡羅萊納大學和國立北卡羅萊納大學，然而在一個小時的車程內，還有十多所規模較小的學校。他們決定從大學校著手，幾分鐘內，兩人的手指在鍵盤上飛舞，在網路上快速瀏覽，好像在比誰先找到有用的資訊。「杜克大學沒有兄弟會的聚會場所。」雀斯說。

「那是什麼意思？跟派對和樂團的關係是？」西奧問。

「我不確定，等一下再回頭調查杜克好了。你先查國立北卡，我來查北卡。」

西奧很快得知國立北卡羅萊納大學擁有二十四個兄弟會和九個姐妹會，幾乎每個組織在校園外都有自己的房產做爲組織的總部，他們也都有自己的網站，雖然網站維護的用心程度不一。「北卡有多少兄弟會？」西奧問。

「二十二個兄弟會，九個姐妹會。」

「我們到他們的網站一個個查吧。」

「我正在查。」雀斯舞動的手指不曾停下，西奧用筆電查詢的速度也很快，但仍然比不上雀斯。他們倆迅速地用電腦搜尋，兩人都決心先挖出第一筆有利的情報。法官總愛躲在什麼東西下方睡覺，不論是桌子、床鋪，還是椅子，現在牠在會議桌下的某處靜靜地發出鼾聲。

沒多久，網站的訊息顯得愈來愈模糊，上面提供的訊息包括會員、校友、服務方案、獎項、行事曆，還有最重要的社交活動。照片更是玲瑯滿目，派對、滑雪之旅、沙灘上的野炊、飛盤競賽，還有正式宴會，參加的都是穿著燕尾服的男孩與華麗禮服的女孩。西奧發現自己開始有點嚮往大學生活。

今天這兩所學校要進行足球友誼賽，下午兩點開打。其實西奧早就知道這件事，他和雀斯還討論過這場球賽網路下注的情形，北卡略勝兩分，不過此時此刻，誰的勝算高並不是重點。重要的是，這些球賽結束後，會有正當理由開派對，比賽是在教堂山舉行，顯然國立北卡的學生已經提前在週五晚上開過派對和舞會，而北卡的學生計畫要在週六晚上狂歡。

西奧覺得很挫折，又關上另一個網站，咕噥著說：「昨天晚上國立北卡有十個兄弟會舉辦的派對，但其中只有四個網站提到樂團名稱，如果要在網站上公告派對消息，不是也應該說說到底是哪個團要來表演嗎？」

「我這邊的情況也一樣。」雀斯說：「他們幾乎完全沒提到樂團的名字。」

「今天晚上在教堂山會有幾個派對？」西奧問。

「也許有十多個吧。看起來像是盛大的派對之夜。」

他們搜尋完兩所學校的所有網站時，已經下午一點了。

西奧傳簡訊給媽媽：和雀斯在一起，斧頭殺人魔緊追不捨，恐怕難逃一劫，請幫我照顧法官，愛你。

幾分鐘後，媽媽回覆：收到你的簡訊真好，好好照顧自己，愛你的媽媽。

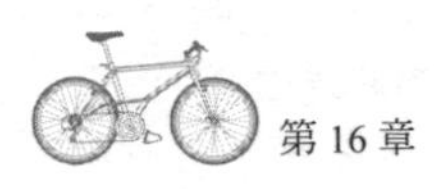

第16章

在小廚房裡，西奧找到了一袋椒鹽捲餅，兩罐低卡飲料，這裡可是布恩&布恩事務所火藥味最重的地方，遊戲規則很簡單：如果不是要跟大家分享的食物，請寫上自己的姓名縮寫，然後祈禱它不會不見；而沒有標記的東西，每個人都可以盡情享用。但現實要比這個規則複雜許多，常常有人去「借」別人私藏的食物，而且這種行爲並不會被譴責。倘若借了別人的食物，按照禮節，應該要盡快買回奉還才是，結果卻發生了許多惡作劇。布恩先生說這廚房是個地雷區，他避之唯恐不及。

西奧猜想椒鹽捲餅和飲料應該都是陶樂絲的，她是爸爸的祕書，好像永遠都在努力減肥。西奧在心裡做了筆記：要記得歸還陶樂絲的食物。

雀斯建議他們去學校看斯托騰堡隊下午兩點的比賽，是本季第一場籃球比賽，而西奧也欣然同意，他已經厭倦在網路上不斷搜尋，而且他覺得這麼做徒勞無功，不過他還是想做最後一次嘗試。「既然昨晚是國立北卡大學的派對之夜，我們要不要看看那裡的兄弟會，隨機瀏覽他們的臉書相簿、看看照片？」

「你說有十場派對是吧？」雀斯咬著一塊略硬的椒鹽捲餅，發出清脆響聲。

「對，其中四場有提到樂團名稱，也就是只剩下六場是不確定的。」

「那麼，確切地說，我們要特別注意什麼呢？」

「任何可以幫我們指認出掠奪者樂團的東西，像是燈光、布條，或是低音鼓上的樂團名稱，什麼都好。」

「那如果我們發現那個團在昨晚國立北卡的某個兄弟會派對現身了，那表示他們今晚會在北卡表演嗎？」

「有可能，聽我說，雀斯，我們現在只能猜測，懂嗎？我們等於是在黑暗中丟骰子。」

「你說得沒錯。」

「你有更好的主意嗎？」

「目前沒有。」

西奧傳了三個兄弟會的連結給雀斯。「西格瑪．努❻有八十個成員，」雀斯說：「要找幾個……」

「每個兄弟會裡取五個人好了，我們隨機挑選，不過當然要找那些個人資料公開、隱私權設得很低的那種。」

「我懂，我懂。」

西奧正在看某個叫做巴迪·塞爾斯的頁面，他是凱·撒伊的成員，來自亞特蘭大，正在念大二。巴迪有一堆朋友、上百張照片，不過沒有一張是在昨天晚上的派對拍的。西奧繼續找，雀斯也是，兩個人幾乎沒交談，他們很快地就對那些沒完沒了的照片感到厭倦，多半是那些大學生的團體照，擺著各種姿勢、又吼又跳，手上總是拿著啤酒。

雀斯振作起來。「我找到一些昨天晚上的照片了，在派對上，而且有樂團。」他慢慢地檢查所有照片，然後說：「什麼都沒有。」

大概看了一百張照片之後，西奧突然停住，眨了眨雙眼，然後放大畫面，他停在文司·史奈德未設隱私權的頁面上。史奈德是艾爾發·努兄弟會的成員，來自華盛頓特區，正在念大二，他上傳了數十張昨晚狂歡的照片。「雀斯，快來看。」西奧說，一副撞見鬼的樣子。

雀斯急忙走到西奧後方，傾身向前研究西奧指出的地方。那是張典型的派對照片，一群學生在瘋狂地跳舞。「你看到了嗎？」西奧問。

「是，看到什麼了？」

「那是一件明尼蘇達州雙城隊的夾克，海軍藍底與紅白色的大字。」

---

❻西格瑪·努（Sigma Nu）是這裡所指的兄弟會名稱，以希臘字母命名，之後提到的「凱·撒伊」（Chi Psi）、「艾爾發·努」（Alpha Nu）、「卡帕·戴爾塔」（Kappa Delta）、「卡帕·賽塔」（Kappa Theta）也都是希臘字母的發音。

照片中央是一個小舞池，拍照的人顯然是想捕捉朋友們隨音樂起舞的畫面，其中一個女孩穿著超短迷你裙，西奧猜這應該是拍攝重點。舞池的左邊，幾乎埋沒在這群瘋狂大學生中間，可以看到主唱拿著吉他、張著嘴、雙眼緊閉，正在忘情地嘶吼，而西奧指的位置，就在主唱上方。在一組很高的喇叭後方有個小個子正看著這群人，那個人是以偏側面入鏡，所以只看得到夾克背面雙城隊的「雙」字。那個人蓄著短髮，儘管她的臉大部分在暗處，西奧卻看得一清二楚。

是愛波。

這張照片是在昨天晚上十一點三十九分拍攝的，至少到那時候爲止，愛波都還好端端的。

「你確定嗎？」雀斯問，一邊再往前靠近些，他們的鼻子幾乎要碰到螢幕了。

「我去年送給她那件在比賽裡贏得的雙城隊夾克，因爲我穿起來太小了，而且我告訴警方這件事的時候，他們也說在愛波房裡找不到那件外套，愛波很有可能穿出去了。」西奧又指著照片說：「看她的短髮和側影，雀斯，那不是愛波是誰呢？你不覺得就是她嗎？」

「或許吧，我不確定。」

「是她沒錯。」西奧說。兩個男孩將視線從螢幕移開，西奧從椅子上起身，在房裡走來走去。「她媽媽連續三個晚上都不在家，愛波嚇得半死，所以她打電話給她爸，又或者是她爸打給她。不論如何，她爸爸開夜車回家，用鑰匙開了門，帶著愛波離去。過去四天她都跟著樂團巡迴，四處流浪。」

「我們是不是應該告訴警方？」

西奧走來走去，一邊踱步一邊思考。他摸著下巴，在腦海裡判讀當下的情勢。「不，先不要，或許晚點再通知他們。我們先這麼做吧，既然知道她昨晚在哪裡，我們試著確認她今天晚上的行蹤，我們可以打電話給北卡大學、杜克大學、維克佛瑞斯特大學等所有學校的兄弟會、姐妹會，找出掠奪者樂團下一個表演地點。」

「北卡羅萊納大學可是個熱門地點。」雀斯說：「今晚至少會有上打的派對。」

「給我名單。」

西奧負責打電話，雀斯負責觀察、做筆記。第一個兄弟會集會所的電話沒人接；再來是一個叫做卡帕·戴爾塔的姐妹會，接電話的年輕小姐不知道今天要來表演的樂團叫什麼；第三通電話沒人接；在戴爾塔兄弟會集會所，則是另一個樂團要去表演。類似的情形持續著，西奧又漸漸覺得有點氣餒，不過愛波平安無事，已經讓他開心得不得了，他下定決心，非得找到她不可。

打到第八通電話時，奇蹟出現了。那是一個在卡帕·賽塔兄弟會的學生接的電話，他說他完全不知道關於樂團的事，而且趕著去參加足球比賽，不過還是請西奧稍等一下。再接起電話時，他說：「沒錯，那個團叫做『掠奪者』。」

「他們幾點開始表演？」西奧問。

「什麼時候都有可能啊。通常是九點左右吧，我該走了，老兄。」

椒鹽捲餅吃光了。說實話，西奧不知道該怎麼做比較好，而雀斯非常強烈主張應該要打電話給警方，可是西奧好像又覺得這樣不大好。

現在有兩件事是確定的，至少對西奧而言。第一，照片中的女孩是愛波沒錯；第二，愛波跟著樂團巡迴，而樂團會在今天晚上到北卡羅萊納州的教堂山某個叫做卡帕・賽塔的兄弟會集會所表演。西奧決定不打電話給警察，他打給艾克。

二十分鐘後，西奧、雀斯和法官快步跑上通往艾克辦公室的樓梯。西奧打給他的時候，艾克正在樓下的希臘熟食店吃午餐。西奧忙著用艾克的桌上型電腦尋找那張愛波的照片的時候，艾克和雀斯彼此自我介紹了一下。

「就是她。」西奧大聲宣布。艾克仔細研究著那張照片，他的老花眼鏡架在鼻頭。「你確定嗎？」

西奧又說了一次那件夾克的故事，接著形容愛波的身高、髮型、髮色，然後指著剪影中的鼻子和下巴說：「那就是她。」

「既然你這麼說的話。」

一直弄錯對象了。」

艾克點頭微笑，但一點也不志得意滿，他繼續盯著螢幕看。

「雀斯覺得我們應該通知警方。」西奧說。

「當然啦。」雀斯說：「這不是理所當然的嗎？」

「讓我想想。」艾克邊說邊把椅子往後退，倏地起身。他把音響打開，在辦公室裡走來走去，最後他說：「我不想通知警方，至少現在還不要。因爲事情很有可能會演變成這樣：這裡的警察會打電話給教堂山的警察，而我們不確定那邊的警察會怎麼做，他們可能會去派對現場試著把愛波找出來，但這件事恐怕比你們想像的要困難。假設是一場大型派對，一堆學生在那裡喝酒慶祝、做些有的沒的，天曉得警方抵達時會發生什麼事。那些警察可能很聰明，也可能很笨，或許他們對一個跟著老爸的樂團四處流浪的女孩不感興趣，也或許那個女孩並不希望警察來救她。什麼事都有可能發生，而且都不是什麼好事。目前還沒有發出愛波她爸的逮捕令，因爲警方還沒懷疑到他身上，因爲他，還不是嫌犯。」艾克在他辦公桌後方踱步，兩個男孩看著他的一舉一動，全神貫注地聽著每一個字。「而且說到底，在無法明確辨認身分的情形下，警方究竟會不會行動，還是個未知數。」

艾克砰的一聲坐下，盯著照片，然後皺眉，捏了捏鼻子，再摸摸鬍子。

「我知道是她。」西奧說。

「但萬一不是呢，西奧？」艾克語氣嚴肅。「世界上不只有那麼一件雙城隊夾克，而且你看不到她整張臉。你知道那是愛波，或許只因爲你眞的希望那是她，你迫切地想相信那就是愛波，但萬一你錯了呢？假如我們現在就去找警方，然後他們聽到消息很興奮，趕緊打電話給他們在教堂山的夥伴，對方也覺得很興奮，於是今晚就前往派對現場，卻找不到那個女孩，又或者找到了那個女孩，卻發現她不是愛波，那我們不就變成蠢蛋了？不是嗎？」

沉默了好長一段時間，兩個男孩在想像假如眞的弄錯了，自己變成蠢蛋的情境，最後雀斯終於開口：「如果跟她媽媽說呢？我敢打賭媽媽一定認得出來自己的女兒，那樣就不是我們的責任了。」

「我想可能不盡然。」艾克說：「那個女人根本神智不清，什麼事都做得出來，在這個階段讓她媽媽知道，對愛波來說恐怕不是好事。根據我聽到的消息，她媽媽快把警方搞瘋了，現在警察都盡量迴避她。」

又是一陣靜默，三個人都盯著牆看。西奧說：「那我們該怎麼做呢，艾克？」

「最聰明的辦法就是去找出那個女孩，把她帶回來，再通知警方。而這件事必須是她所信賴的人才做得到，一個像你這樣的朋友，西奧。」

西奧張大嘴，驚訝得說不出話來。

「騎腳踏車的話，那是很長一段路。」雀斯說。

「跟你爸媽說，西奧，請他們載你過去。你得和愛波面對面談，確認她沒事，再帶她回來，愈快愈好，我們沒有時間了。」

「我爸媽今晚不在家，艾克，他們去石南溫泉參加全國律師大會，明天才會回來。我今天晚上要住在雀斯家。」

艾克看著雀斯問：「你爸媽有可能去一趟嗎？」

雀斯早就在搖頭。「不，我爸媽不可能的，我沒辦法想像他們介入這種事，更何況他們今天晚上要和一些朋友吃晚飯，是很重要的場合。」

西奧看著他的伯父，發現他眼神發亮，彷彿是個準備去探險的孩子。「艾克，看來你得幫我了。」西奧說：「而且，就像你說的，我們沒有時間了。」

第17章

這場冒險立刻遭遇到嚴重的問題。西奧想到他的父母，猶豫著到底要不要跟他們報告這件事；艾克想到他的車，他突然想起這輛車無法開太遠；雀斯想到西奧原本說要住在他們家，要是人不見了，肯定會被發現。

關於西奧的父母，打電話請求他們同意讓兒子前往教堂山，西奧怎麼想都覺得這不是個好主意。艾克想了個辦法，既然雀斯是中立的，那麼或許可以請他出面。但西奧覺得那樣也不好。要是接到那樣一通電話，不只會破壞他們出遊的興致，還可能會影響他們的演說和座談等，而且西奧猜想他的父母，尤其是媽媽，會拒絕他的請求，那他就得面對服從父母與否的兩難，即便艾克說他能夠圓滑地處理，說服伍茲和瑪伽拉這一趟路很緊急，西奧還是不為所動。一直以來，西奧都覺得應該對父母誠實，在他們面前，他幾乎毫無隱瞞，但這次的狀況不同。如果他們能帶愛波回來，那麼包括他爸媽在內的每一個人都會興奮不已，西奧也就能擺脫麻煩。

艾克的車是一輛英國凱旋賽車，這輛只有兩個座位的資深賽車惡名遠播，以不可靠著稱，敞篷車頂即使蓋起來還是會漏水，四個輪胎幾乎全數磨平，連引擎都會發出怪聲。西奧還滿愛這輛車的，但他常常想不透，以這樣的車況怎麼能在鎮上趴趴走？更何況他們需要四個座位，艾克、西奧、法官，回程希望還有愛波。西奧的爸媽開走的是媽媽的車，他爸爸的休旅車乖乖停在車庫裡，隨時可上路。於是艾克決定不妨借用一下自己弟弟的車，尤其是在執行重要任務的緊急狀況下。

雀斯那邊的問題最嚴重，他整晚都得努力掩飾西奧不在的事實，絕不能讓惠普家的其他人發現。如果對雀斯父母坦白呢？他們討論過這個可能性，艾克甚至自願打電話給惠普夫婦，親自解釋這整個狀況，但西奧覺得不妥。惠普太太也是一名律師，凡事都很有意見，而且她一定會立刻打電話給西奧的媽媽，毀了整個計畫，對此西奧深信不疑。西奧想讓艾克保持沉默的理由還有一個，他的伯父在律師界的名聲並不大好，那個艾克．布恩要帶著他的小侄子展開瘋狂的公路旅行？西奧能輕易想像惠普太太聽到這消息嚇呆了的模樣。

下午三點整，西奧傳簡訊給媽媽：還活著，跟雀斯在一起，在外面玩。愛你。

西奧並不期待收到回覆，他媽媽現在應該正在發表演說。

三點十五分，西奧和雀斯把腳踏車停在惠普家的車道後，走進屋子裡。惠普太太正從烤箱裡取出一盤布朗尼蛋糕，她熱情地擁抱西奧，歡迎他到家裡過夜，還說她很高興能招待這位客人等等，雀斯的媽媽總是有點戲劇化。西奧把他紅色的耐吉大背袋放在桌上，好讓她清楚地看到。

雀斯的媽媽為他們端上布朗尼和牛奶，雀斯趁這個機會告訴媽媽，他們想去看電影，然後或許會去斯托騰堡學院看排球賽。

「排球？」惠普太太有點驚訝。

「我很愛排球啊。」雀斯說：「比賽六點開始，大概八點左右結束。我們會好好的，媽，只是在學校那邊而已。」

事實上，這場排球賽是那天晚上他們能找到的唯一體育活動，而且還是一場女子排球，雀斯和西奧都不曾看過任何一場排球比賽，不論是現場還是電視轉播。

「戲院在演什麼電影？」她詢問著，仍然忙著把布朗尼切成小方塊。

「哈利波特。」西奧回答。「如果我們現在趕過去，就不會錯過太多。」

雀斯附和：「然後我們要去看球賽，可以嗎？媽？」

「我想可以。」她說。

「晚上你和爸爸還是會出門用餐嗎？」

「會啊，跟柯利家和薛佛家他們一起。」

「那你們幾點回來？」雀斯說著，瞥了西奧一眼。

「喔，不確定耶，可能十點或十點半吧。戴芬妮會在家，她說要叫披薩來吃，你們覺得怎麼樣？」

「好啊。」雀斯說。只要一點好運，西奧和艾克十點的時候，應該已經抵達教堂山了，但是該如何在八點到十點這段時間，躲開戴芬妮呢？這才是最困難的地方。雀斯現在還沒有想法，不過他正在想。

他們謝謝雀斯媽媽為他們準備點心後，就說他們得趕去派拉蒙了，那是斯托騰堡主街上最傳統的戲院。他們離開後，雀斯媽媽把西奧的包包拎上樓，放在雀斯房間的雙人床上。

下午四點，西奧、艾克和法官乘著那輛休旅車，從布恩家出發，而雀斯自己在戲院看最新一集《哈利波特》。

如果駕駛遵守時速限制的話，網路地圖估計全程需要七小時的時間，不過對艾克而言，並沒有時速限制這種東西。他們匆匆出城後，艾克問：「緊張嗎？」

「嗯，我很緊張。」

「那你為什麼緊張呢？」

「我想我是怕被抓到吧，如果被惠普太太發現，她會打電話給我媽，然後我媽會打給我，那表示我有大麻煩了。」

「你怎麼會有麻煩呢，西奧？你是要去幫助朋友啊。」

「因為我沒說實話，艾克。不論是對惠普家，還是對我爸媽。」

「西奧，眼光要放遠一點，如果一切順利，明天早上我們就能帶著愛波一起回家，你爸媽和鎮上的每個人，看到她都會開心得不得了。在緊急情況下，這麼做是正確的，或許有點誤導他人，但不這麼做不行。」

「但我還是很緊張。」

「我是你伯父艾克耶，伯父和心愛的姪子一起來趟公路旅行，有什麼問題嗎？」

「沒什麼問題。」

「那就別擔心啦，唯一重要的事，就是找到愛波，帶她回家。現在其他什麼都不重要，如果被逮到，我會跟你爸媽聊一聊，承擔所有責任，放心吧。」

「謝謝你，艾克。」

他們在公路上馳騁，一路上沒什麼車。法官已經在後座呼呼大睡，西奧的手機突然開始震動，是雀斯傳簡訊過來：電影好看到爆，你們沒事吧？

西奧回覆：嗯，沒事。

下午五點，西奧傳簡訊給他媽媽：哈利波特好看到爆。

幾分鐘後，媽媽回傳：太好了，媽媽愛你。

他們上了高速公路，艾克將時速控制在一百二十公里，超過規定十幾公里。

西奧說：「艾克，幫我解決另一個疑問吧。關於愛波的報導傳得滿天飛不是嗎？」

「沒錯。」

「那愛波或她爸或某一個團員難道就沒人看到新聞，沒人知道發生什麼事嗎？他們怎麼會不知道大家都在找愛波呢？」

「或許你會這麼想，但不幸的是，事實上有很多失蹤兒童，幾乎每天增加一個，在這裡是大新聞，到了別的地方也許就不是什麼大新聞了。誰知道她爸爸是怎麼跟其他夥伴說的，我相信他們一定知道愛波她家不大穩定，或許她爸爸告訴其他人，說孩子的媽媽是個瘋女人，他不得不拯救自己的女兒，所以他希望能保密一段時間。那些團員或許也怕站出來說話，他們自己的生活也很亂。你要知道，他們是一群四十好幾的中年男子，夢想成為搖滾巨星，每天過著晝夜顛倒的生活，睡在租來的廂型車裡，然後在酒吧或兄弟會集會所這些地方混口飯吃。他們可能各自有想逃避的東西，我也不知道，西奧，這毫無道理可言。」

「我猜她一定嚇得半死。」

「既害怕又困惑吧，這不是一個孩子應該過的日子。」

「如果她不想離開她爸爸呢？」

「如果我們找到她，她卻不願意跟我們走，那就別無選擇了，只好通知斯托騰堡的警方，告訴他們愛波所在地，就是這麼簡單。」

一切對西奧來說都不簡單。「如果她爸爸看到我們以後，想找麻煩呢？」

「別緊張，西奧，事情會順利進行的。」

晚上六點半，天已經黑了，雀斯傳來簡訊：排球女孩超可愛。你們在哪？

西奧回覆：維吉尼亞州的某處。艾克飛行中。

外面天已經黑了，這一週的忙亂即將進入尾聲，受盡煎熬的西奧開始打瞌睡，然後沉沉睡去。

第18章

排球賽快結束的時候，雀斯想通了，要躲開戴芬妮的唯一辦法，就是不要回家。他可以想像戴芬妮坐在地下室的起居間，一邊看著電視的超大螢幕，一邊等著他和西奧回來，這樣她才能跟桑多斯披薩店訂購一個特大號披薩。

比賽結束後，雀斯騎車前往主街上那家靠近市立圖書館的「高孚優格冰淇淋店」。他點了一個香蕉口味的，然後用窗戶旁邊的公共電話打回家，只響了一聲，戴芬妮就接起電話。

「是我。」雀斯說：「聽我說，我們現在有點麻煩，我和西奧回家的路上，先去了一趟他家看他家的狗，沒想到那隻狗病得很嚴重，一定是吃了什麼怪東西，牠又吐又拉，弄得到處都是，現在房子裡一團糟。」

「眞噁。」戴芬妮的反應很直接。

「眞叫人不敢相信，那隻狗從廚房一路拉到臥室，我們正在清大便，不過可能要一陣子才清得完。西奧很擔心狗狗會死掉，他正要跟他媽媽聯絡。」

「好慘喔。」

「對啊，我們可能要帶牠去看獸醫急診，那可憐的傢伙幾乎動不了。」

「雀斯，需要我幫忙嗎？我可以開媽的車過去接牠。」

「或許吧，不過不是現在。我們得先把這裡清乾淨，一邊照顧狗狗。我怕牠會把媽的車也弄得一團糟。」

「你們吃過了嗎？」

「還沒，但是我們現在一點食欲也沒有，我都快吐了。你先去訂披薩吧，我晚點再回去。」雀斯掛上電話，對著他的優格冰淇淋微笑，到目前為止都很順利。

法官仍然在後座熟睡，發出輕微的鼾聲，他們以每小時百公里的速度躍進。西奧忽睡忽醒，他偶爾小睡片刻，這一秒睜大雙眼，下一秒又睡得不醒人事；他們跨越北卡羅萊納州邊界時，他還醒著，等進入教堂山的時候，他又睡著了。

他九點整傳簡訊給媽媽：*要去睡了，真的好累，愛你。*

他覺得爸媽應該在參加那冗長的晚宴，或許正聽著沒完沒了的演說，所以媽媽大概沒辦法回他訊息。他猜對了。

「西奧，醒醒。」艾克說：「我們到了。」艾克開了六個小時的車，儀表板上的數位時鐘顯示十點零五分，自動導航系統引領他們直接前往學校旁邊的法蘭克林街，人行道上滿是吵鬧的學生和足球隊粉絲，北卡羅萊納大學在延長賽獲得勝利，所以這裡又吵又鬧，酒吧和商店也擠滿了人。艾克轉入哥倫比亞街，經過幾棟大型的兄弟會集會所。

「可能很難停車。」艾克喃喃自語：「那裡一定是兄弟會大本營。」他看著自動導航系統，指著某一區說，那一區有好幾個兄弟會集會所，中央還有停車場。「我猜卡帕．賽塔的集會所就在那裡。」

西奧搖下車窗，他們在車陣中緩緩前進，高分貝的音樂從好幾個集會所傳出，想不聽都不行，很多人肩並肩地站在門廊，或是坐在草坪上、車上，四處閒晃、跳舞，大聲笑鬧，成群結隊地出入各個集會所，彼此叫囂。如此混亂的場面，西奧從沒見過，斯托騰堡學院發生過的零星暴力或販毒事件，比起來完全就是小巫見大巫。剛開始西奧還覺得滿刺激的，但後來他想起愛波，她人就在這場巨型嘉年華會的某處，但她並不屬於這裡，她的個性內向安靜，喜歡自己一個人素描和畫畫。

艾克轉向另一條街，又轉向另一條。「我們得把車子停下來，然後走路去找了。」這裡到處都是車，而且大多數都是違規停車，他們在一條狹窄的暗巷找到一個車位，遠離那個嘈雜的世界。「在這裡等著，法官。」西奧說，法官在車裡看著他們離去。

「艾克，這次的遊戲規則是什麼？」西奧問，他們沿著一條黑暗顛簸的人行道前進。

「走路小心。」艾克說：「沒有遊戲規則，我們先找到那個集會所、找到樂團，到時候我再想辦法。」他們循著噪音前進，沒多久就從後方進入那個集會所大本營，混到人群當中的他們，即使看起來有點怪，也沒人注意。他們一個是一頭灰髮、綁著馬尾的六十二歲老頭，穿著紅襪、涼鞋和至少有三十年歷史的棕色針織毛衣，另一個是十三歲的小鬼頭，瞪大眼睛一臉驚異。

卡帕・賽塔集會所是一棟白色的大型石造建築，還有希臘式的石柱和門廊。艾克和西奧穿越一大群人，走上樓梯，沿著門廊繞行。艾克想先了解一下這個地方，他檢查出入口，試著確認樂團的表演地點。音樂震耳欲聾，笑聲和咆哮聲更是排山倒海而來，西奧目前的人生中，還沒見過這麼多啤酒罐。女孩們在門廊上跳舞，她們的男友則在一旁抽菸觀賞，艾克問其中一個女孩：「樂團在哪裡？」

「在地下室。」她回答。

儘管寸步難行，他們還是緩緩向後退到前門樓梯，四處張望。前門站了一個穿西裝的大塊頭年輕人，似乎握有放行與否的大權。

「走吧。」艾克說，西奧緊緊跟著，他們隨著一群學生向前走，差點就要成功矇混進去了。那個警衛還是保鑣一把抓住艾克的手臂說：「等等！」他的語氣非常粗魯，「你有通行證嗎？」

艾克憤怒地甩開他的手，看起來像是要痛扁那個傢伙一頓。「小子，我不需要通行證。」

他低吼著：「我是樂團經理，這是我兒子，還有，別再碰我。」

其他學生見狀往後移了幾步，四周頓時安靜下來。

「先生，很抱歉。」警衛說，艾克和西奧隨即走進屋子。艾克走得很快，一副對這裡很熟，而且有要事處理樣子。他們穿過一個寬敞的大廳，走過一個像是會客室的房間，兩個地方都擠滿了人。在一個開放式空間，他們看到一群暴民般的學生對著超大螢幕上的足球賽吼叫，一旁擺著兩桶啤酒。砰砰作響的音樂從地下傳來，他們很快就找到通往派對所在的樓梯，正中央的舞池塞滿了學生，每個人都在展示各種瘋狂舞姿，有的抽搐，有的拖曳；這些人的左側，就是掠奪者樂團，團員正以最高分貝敲打樂器、尖叫嘶吼。艾克和西奧跟著一群人走下樓梯，當他們一進入這個空間，西奧就覺得自己的耳膜快被震裂了。

他們試著躲在角落，這裡很暗，只有五彩的閃光燈在酒池肉林裡閃爍。艾克傾身到西奧的耳邊大吼：「我們動作要快，我留在這裡，你去樂團後台那邊看看。快！」

西奧壓低身子在那些舞動的身體間穿梭、迅速移動。他被撞來撞去、推來推去，差點沒被踩扁，卻仍持續不懈沿著最左側的牆前進。樂團終於表演完一首歌了，每個人都歡呼叫好，舞池中的人們也稍微停了下來，西奧趁機快速往前走，他還是弓著身子，一雙眼睛到處掃射。這一瞬間，主唱突然尖叫，然後開始咆哮，鼓手也加入攻擊耳膜的行列，然後是吉他手雷聲般的和弦突襲。這一首更加震耳欲聾。西奧經過一組大型喇叭，在離鍵盤手約一點五公尺遠處，愛波出現了，她坐在鼓手後方的一個金屬箱上，那是整個房間唯一安全的地方。西奧幾乎是用爬的經過小舞台側邊，然後在愛波看到他之前，伸手去碰她的膝蓋。

愛波嚇得動彈不得，隨即用雙手摀嘴。「西奧！」愛波驚呼，但西奧聽不見她的聲音。

「我們走！」西奧的態度強勢。

「你在這裡做什麼？」她喊著。

「我來這裡帶你回家。」

晚上十點半，雀斯躲在一家乾洗店後面，觀察對街離開餐廳的顧客，他看到薛佛先生和薛佛太太，然後是柯利先生和柯利太太，最後是他爸媽。他看著他們開車離去，心裡想著接下來該怎麼做，他的手機再過幾分鐘就要響起，他媽媽肯定會有一堆疑問，而狗狗生病的橋段即將畫下句點。

第19章

西奧和愛波貼著牆緩緩前進，一一跨過那些跳舞跳累了、在場邊休息的人們，然後飛快穿過光線微弱的角落，衝向通往樓梯的門。愛波的爸爸沒機會注意到他們，因爲他正沉醉在滾石樂團名曲〈我得不到滿足〉當中，這是掠奪者樂團重新詮釋的特別強烈版。「我們要去哪裡？」西奧對愛波大喊。

「這裡通往外面。」愛波喊著回答。

「等一下，我得去叫艾克。」

「誰？」

西奧衝進人群中，艾克還待在同一個地方。他們三個人會合後急速從樓梯口離開，出來的地方是卡帕．賽塔集會所後方的小院子。在這裡還是感覺得到音樂的震動，但外面至少安靜了許多。

「艾克，這是愛波。」西奧說：「愛波，這是艾克，我伯父。」

「認識你是我的榮幸。」艾克說。愛波還很困惑，不知道該怎麼回應。集會所後方面對院子的玻璃窗七零八落，周遭一片黑暗，他們站在一張壞掉的野餐桌旁，其他家具也散落四處。

西奧說：「艾克載我來這裡找你。」

「爲什麼要來找我？」愛波問。

「你是什麼意思？『爲什麼』？」西奧立刻回嘴。

艾克了解愛波心中的疑惑，他往前跨出一步，把手輕輕地放在愛波的肩膀上。「愛波，家裡那邊沒有人知道你的去向，沒人知道你是死是活，只知道四天前，你消失得無影無蹤，沒留下一絲線索。包括你媽媽、警方和你的朋友，沒人知道你的下落。」

愛波開始難以置信地搖頭。

艾克繼續說：「我懷疑你爸爸一直在騙你，他很有可能跟你說，已經把一切都告訴你媽，而且家裡一切都好，是吧？」

愛波輕輕點頭。

「愛波，你爸說謊，你媽擔心得要命，全斯托騰堡的人都在找你，該回家了，就是現在。」

「可是我們再過幾天就要回家了呀。」愛波說。

「根據你爸的說法嗎？」艾克說，輕拍愛波的肩膀。「他很有可能會被起訴，罪名就是綁架自己的女兒。愛波，看著我。」艾克伸出一根手指，抵著愛波的下巴，然後緩緩地向上提，她別無選擇地看著艾克。「該回家了，我們趕快上車離開吧，就是現在。」

門突然開了，一個男人冒出頭來，飛車黨的靴子、刺青、油膩的頭髮，這人看起來就不像學生。「你在這裡幹嘛？」他質問。

「只是出來休息一下。」愛波說。

這名男子向他們逼近，問道：「這些傢伙是誰？」

「你是誰？」艾克提出質疑，掠奪者樂團演唱進行到一半，所以他絕非團員之一。

「他是柴克。」愛波說：「他是幫樂團做事的。」

這一瞬間，艾克察覺到危險，於是隨口編了個故事。他熱情地跟對方握手，然後說：「我是傑克．福特，這是我兒子麥克斯，我們以前住在斯托騰堡，現在搬家到教堂山，麥克斯和愛波從幼稚園就認識了。噢，你們這個團實在太厲害啦。」

柴克跟艾克握了手，他想事情的速度太慢，無法將自己的思緒拼湊在一起。他皺著眉，彷彿動腦子會讓他感到痛苦，然後他困惑地看了艾克和西奧一眼。愛波說：「我們就快談完了，我一分鐘後就進去。」

「你爸認識這些人嗎？」柴克問。

「喔，當然啦。」艾克說：「湯姆和我是多年的朋友，等會休息的時候，我還想找他聊聊呢，柴克，可以幫我轉告湯姆嗎？」

「可以吧，我猜。」柴克說完就走回去了。

「他會跟你爸說嗎？」艾克問。

「可能會。」愛波說。

「那我們現在就得離開了，愛波。」

「我不知道該不該離開。」

「走吧，愛波。」西奧堅定地說。

「你相信西奧嗎？」艾克問。

「當然。」

「那你也可以相信艾克。」西奧說：「咱們走。」

西奧抓著她的手，三個人快速離開卡帕．賽塔集會所，離開集會所大本營，離開湯姆．芬摩。

愛波和法官一起坐在後座，她輕輕撫摸法官的頭，艾克則忙著穿梭大街小巷，駕車離開教堂山。他們沉默了好一會兒，然後西奧問：「我們是不是應該打電話給雀斯？」

「是的。」艾克說。車子開進一家二十四小時營業的加油站，停在離加油幫浦很遠的地方。「打給他。」艾克說，西奧按了號碼就把手機轉給艾克。

雀斯立刻接起電話說：「也該是時候了。」

「雀斯，我是艾克，我們找到愛波了，現在正要回去。你在哪？」

「躲在後院裡，我爸媽已經準備好要把我宰了。」

「走進屋裡，告訴他們實情。我大概十分鐘後會打給他們。」

「謝謝你，艾克。」

艾克把手機還給西奧並問說：「現在這個時間，你爸還是你媽比較有可能接電話？」

「我媽。」

「那現在就打給她。」西奧用力按下號碼後，把手機轉給艾克。

布恩太太緊張地接起電話：「西奧，怎麼了嗎？」

艾克很冷靜地說：「瑪伽拉，我是艾克，你還好嗎？」

「艾克？用西奧的手機打給我？我突然覺得很不好。」

「瑪伽拉，雖然一言難盡，但沒有人受傷，每個人都很好，而且是美滿大結局。」

「拜託，艾克，發生了什麼事？」

「我們找到愛波了。」

「你說你們怎麼了？」

「我們找到愛波了，現在正要開車回斯托騰堡。」

「艾克，你們在哪裡？」

「北卡羅萊納州的教堂山。」

「繼續說。」

「西奧發現愛波的行蹤，所以我們就開了一小段路來接她，這段時間，愛波一直跟她爸在一起，到處閒晃之類的。」

「西奧在教堂山找到愛波？」布恩太太緩緩地複述。

「沒錯，不過呢，這又是一言難盡，晚點再補上細節好了。我們明天清晨會到家，我猜六、七點左右，假如我能開夜車，一整晚不睡的話。」

「她媽媽知道嗎？」

「我在想愛波應該打電話給她，告訴她發生什麼事。」

「對，艾克，而且愈快愈好。我們現在就離開旅館，開車回去，等你們到家的時候，我們應該也已經到了。」

「太好了，瑪伽拉，對了，我想到時候我們一定都餓得要命。」

「我了解，艾克。」

他們又把手機傳來傳去，然後艾克和惠普先生通話，向他解釋整個狀況，保證一切都沒問題，還大力讚美雀斯幫忙尋找愛波的功績，同時關於善意的謊言和所造成的混亂，他也道了歉，並表示之後會再聯繫。

艾克把車子開到自助加油機旁加滿油，他去付錢的時候，西奧帶法官在附近遛達一下。

他們上路後，艾克側著頭問：「愛波，你想跟你媽通電話嗎？」

「大概吧。」她說。

西奧把手機遞給她，愛波先試撥了家裡的電話，沒人接，然後又試了試她媽媽的手機，也無人回應。

「真讓人驚訝啊，」愛波說：「她現在不在家。」

第20章

艾克買了大杯咖啡，他大口大口喝下肚，希望能因此保持清醒。才離開教堂山沒多遠，他說：「好，孩子們，我們來打個商量吧，現在是午夜，我們有很長一段路要走，但我現在非常睏，我需要有人跟我說話，說個不停。假如我開車睡著了，我們都會沒命，懂嗎？現在開始，西奧你先說，然後再換愛波說。」

西奧轉頭看著愛波。「誰是傑克．利浦？」

愛波讓法官把頭枕在她腿上，她回答：「我想是一個遠親吧，怎麼會提到他？你怎麼知道他的事？」

「他在斯托騰堡，在牢裡。差不多一個禮拜前，利浦從加州監獄越獄，接著又在差不多你失蹤那時候出現在斯托騰堡。」

「他那張臉出現在所有報紙上。」艾克說。

「警方覺得是他把你綁走的。」西奧補充。

他們互相接話，互相補充利浦的故事，像是他的大頭照出現在頭版頭條，被特種部隊逮捕的戲劇轉折，接著他出言恐嚇說把愛波的屍體藏起來，卻又含糊其詞，還有好多好多。愛波彷彿已被過去這一小時內聽到的種種所淹沒，無法完全消化這個故事。「我從沒見過他。」她不停地喃喃自語。

艾克咕嚕嚕喝著咖啡，然後說：「報紙上說你寫信給他，你們是筆友，是這樣嗎？」

「是，大概在一年前我們開始通信。」愛波說：「我媽說我們是遠親，但是我從來沒在族譜裡找到他的名字，我們不是那種正常的家族。總之，我媽說利浦在加州長期服刑，說他想找個筆友，所以我就寫信給他，也有收到他的回信，感覺還滿有意思的，他似乎是個非常寂寞的人。」

艾克說：「利浦逃獄之後，他們在他的牢房裡發現你寫的信，接著他又在斯托騰堡出現，所以警方以為他是來找你的。」

「這簡直叫人難以置信。」愛波說：「我爸說他跟我媽談過，也跟學校方面聯繫了，大家都答應讓我離開一週左右，他說完全沒問題的。我早該知道他是這種人。」

「你爸一定是個說謊專家。」艾克說。

「他是頂尖的。」愛波說：「他從來沒跟我說過實話，真不知道這次我幹嘛相信他。」

「你那時候嚇壞了，愛波。」西奧說。

「我的天啊！」愛波說：「已經十二點了，樂團演出就要結束了，他發現我不見了以後，會怎麼做呢？」

「會去嗑藥吧。」艾克說。

「我們要打電話給他嗎？」西奧問。

「他不用手機。」愛波說：「他說那樣會太容易被找到，我應該留個字條之類的。」

車子繼續馳騁，他們靜靜想了一會，艾克此時看起來精神奕奕，一點也不睏，愛波的聲音聽起來也不再那麼虛弱，她已經克服之前受到的驚嚇。

「那個叫柴克的怪胎呢？」西奧問：「要是打電話給他呢？」

「我不知道他的號碼。」

「他姓什麼？」

「我也不知道，我都盡量跟他保持距離。」

好幾公里的路呼嘯而過，艾克狂飲了幾口咖啡，然後說：「事情會演變成這樣：他們找不到你的時候，柴克會轉播撞見你和我們在一起的故事給大家聽，他會試著回憶一切，他會說我們是傑克和麥克斯．福特，之前住在斯托騰堡，但現在搬到教堂山，然後他們會去查我們的電話號碼，最後還是找不到我們的話，他們會假設你在我們家玩，就是多年不見的老朋友敘敘舊嘛。」

「聽起來很扯。」愛波說。

「已經是我的極限了。」

「我應該留個字條的。」

「你眞的那麼擔心你爸嗎？」西奧問。「想想看這傢伙做了什麼好事。他半夜把你帶走，也沒跟任何人說一聲，結果這四天以來，全斯托騰堡的人都在擔心你的安危，你可憐的媽媽差點沒瘋掉，愛波，我一點都不同情你爸。」

「我也從來沒喜歡過他。」愛波說：「但我還是應該留個字條的。」

「太晚了。」艾克說。

「禮拜四那天，他們找到了一具屍體。」西奧說：「全斯托騰堡的人都以爲你死了。」

「屍體？」她說。

艾克看了看西奧，西奧也看了看艾克，接著他們開始說這段故事。西奧從搜救隊講起，說到他們如何在斯托騰堡裡搜尋，他們懸賞、發傳單、探勘每棟空屋、躲避警察，最後終於看著警方從揚希河裡撈出某個人的屍體。艾克也不時從旁補充細節。

西奧說：「愛波，我們以爲你死了，以爲傑克．利浦把你丟進河裡。校長還叫大家在大禮堂集合，想辦法提高士氣，但我們還是覺得你死了。」

「我很抱歉。」

「那不是你的錯。」艾克說：「要怪就怪你爸。」

西奧轉頭看著愛波說：「愛波，能再看到你眞好。」

艾克自顧自地微微一笑。他的咖啡杯已經空了，他們已經離開北卡羅萊納州，進入維吉尼亞州，艾克停下車，他需要更多咖啡。

凌晨兩點剛過沒幾分鐘，艾克的手機開始震動，他從口袋裡掏出手機說哈囉。是他弟弟伍茲·布恩，伍茲打來小聊一下，兩夫妻剛剛抵達斯托騰堡，他們想知道艾克這邊公路之旅的狀況。兩個孩子都睡著了，狗也是，艾克輕聲說，他們的進度不錯，一路上沒什麼車，天氣也好，目前爲止，也沒有雷達追蹤。很自然的，西奧的爸媽非常好奇他們是怎麼找到愛波的，瑪伽拉拿起另外一支電話聽，艾克娓娓道來，西奧和雀斯是怎麼扮演偵探、怎麼追查樂團行蹤，那件事艾克也幫了一點忙，還有他們怎麼一一檢查臉書相簿成千的照片，直到最後中了樂透。一旦確認樂團在那個區域表演後，他們開始打電話給所有兄弟會、姐妹會，後來就中了大獎。

艾克跟他們保證愛波沒事，重述了一次愛波的自白，關於她爸爸說的那些謊言。

西奧的父母也覺得難以置信，又覺得很有趣，西奧不只找到愛波，還眞的去把她帶回來，對於兒子的所做所爲，其實他們並不會太驚訝。

他們談完之後，艾克在駕駛座上移動重心，試著伸展右腿，讓身體動來動去，然後在某

一瞬間，他差點昏睡過去。「不行了！」他大叫。「你們兩個，快起來！」他往西奧左肩打了一拳，撥亂他的頭髮，然後大聲說：「我差點把車開出去了，你們想死嗎？不！西奧，快醒來，跟我說話。愛波，現在換你了，講故事給我們聽。」

愛波揉揉雙眼，試著醒過來，這個瘋瘋癲癲的男人爲什麼要吼他們呢？就連法官看起來都很迷惘。

就在這瞬間，艾克猛踩剎車，突然在路肩停下車，他跳下休旅車，繞著車子跑了三圈，一輛十八輪大卡車對著他們按喇叭，呼嘯而過。艾克跳上車，用力繫上安全帶後，他們再度啓程。

「愛波！」他的聲音響亮，「快跟我說話，我想知道你跟著你爸走的時候，到底發生了什麼事？」

「喔，好的，艾克。」她說，好像怕不說會怎樣似的。「我那個時候在睡覺。」她的故事開始了。

「是星期二晚上，還是星期三早上？」艾克問。「幾點的事？」

「我不知道耶，我知道已經過了十二點，因爲我十二點還醒著，過了午夜才睡著。」

「你媽不在家？」西奧問。

「不，她不在。我先跟你通電話，一直在等她回來，等啊等的，就睡著了。睡夢中，我聽到有人在砰砰砰敲門，剛開始我以為在作夢，又是一個惡夢，後來我才發現那不是夢，就更害怕了。有個男人在我家，用力敲著房門，還叫我的名字，我嚇得腦子裡一片空白，什麼也看不見，身體也動彈不得。我突然領悟到，門外的人是我爸，這個禮拜他第一次現身，於是我開了門。他問我媽去哪裡，我說不知道，她已經有兩、三天不在家。我爸開始咒罵，罵完就叫我換衣服，說要離開了，還一直催我，所以我們就走了。開車離開的時候，我心裡想，到底是離開好，還是留下好？與其一個人待在家，我想我寧可跟我爸一起待在車上。」

她停頓了一秒，艾克現在非常清醒，西奧也是，他們兩個都想回頭，看看愛波是不是在哭，但他們並沒有那麼做。

「車子繼續前進，差不多過了兩個小時吧，我想可能是快到華盛頓特區的時候，爸爸在州際附近找了一家汽車旅館，我們在那裡的某個房間過夜，等我醒來時，他已經不見了，我在房裡等著，後來他終於拿著滿福堡和柳橙汁回來。吃早餐的時候，他跟我說已經找到我媽，兩個人談了很久，媽媽也同意讓我跟著他幾天比較好，甚至一週或更久。根據我爸的說法，我媽承認自己有很多問題，需要別人協助。我爸還說已經跟校長談過，校長也同意讓我離開一陣子才是明智之舉，說等我回去之後，如果有需要的話，還可以幫我補課。我問他我們校長的名字是什麼，他卻說不上來，我記得那時候我覺得很奇怪，但我爸那個人，即使十秒鐘前才剛說過話，他也有可能想不起對方的名字。」

西奧回頭望了一眼，愛波盯著窗外看，卻好像什麼也沒看到，只是愉快地聊起這些事，臉上掛著一抹奇異的微笑。

「離開那家汽車旅館後的下一站是維吉尼亞州的夏綠蒂鎮。樂團當天晚上有表演，也就是禮拜三，好像是在一個叫做『米勒』的店。那是一家老舊的酒吧，後來因為大衛·馬修樂團在那裡發跡而聞名。」

「我很愛那個團。」西奧說。

「他們還可以啦。」艾克說，老一輩的人發出更有智慧的聲音。

「我爸覺得可以在那個酒吧表演超酷的。」

「你怎麼混進那個酒吧的？你才十三歲耶。」

「我不知道，就跟著樂團走啊，我又不是去那裡抽菸喝酒。第二天我們就開車去下一個地方，大概是洛亞諾克市吧，樂團在那裡的一間古老音樂廳表演，觀眾席空蕩蕩的，那是星期幾啊？」

「星期四。」艾克說。

「然後我們去羅利市。」

「你都和樂團成員一起待在廂型車裡嗎？」艾克問。

「不，我爸開自己的車，還有另外兩個團員也是。我們總是跟著廂型車走，柴克是司機兼經理人，我爸盡量不讓我靠近其他人，那些傢伙一天到晚打架鬥嘴，比一群孩子還糟糕。」

「毒品呢？」艾克問。

「對，還有酒和女人。感覺很蠢卻也有點可悲，看著那些四十好幾的男人在一群大學女生面前裝酷，但我爸不會，他是表現最好的一個。」

「那是因爲你在他旁邊。」艾克說。

「也許吧。」

「艾克，要不要去休息一下？」西奧說，指著前方一個繁忙的出口。

「好啊，我需要咖啡。」

「到了斯托騰堡以後，我們要去哪裡？」

「你想去哪裡呢？」艾克問。

「我不是很想回家。」愛波說。

「那我們去西奧家，他媽媽正在努力聯繫你媽媽，我猜她有可能在西奧家等著，要是看到你，她一定會高興死了。」

第21章

艾克在六點十分把車子開進布恩家。車道上多了好幾輛車，艾克的老賽車還停在原處，卻多了一輛黑色轎車，看起來是官方的配車。轎車旁邊停著一輛全鎮最奇怪的車，那輛亮黃色的靈車原本屬於某家殯葬業者，但現在是梅．芬摩的代步工具。

「她來了。」愛波說。艾克和西奧都聽不出愛波究竟高不高興。

他們停車時，天還是黑的，法官跳下車，直奔門廊後方的冬青灌木叢，那裡是牠放鬆的天堂。

前門倏地打開，梅．芬摩哭著跑向女兒，她們在院子前緊緊相擁許久，艾克、西奧和法官則緩緩走進屋裡。西奧一進屋子，媽媽先給了他一個擁抱，顯然史萊德警官也受邀參加這場派對，西奧跟他打了聲招呼。等到所有問候與祝賀告一段落，西奧問媽媽：「你在哪裡找到芬摩太太的？」

「她待在一位鄰居家裡。」史萊德警官說：「我知道這件事，她是因爲太過害怕，所以不敢待在家。」

那你還讓愛波自己一個人待在家?西奧差點脫口而出。

「有湯姆．芬摩的消息嗎?」艾克問。「我們匆匆忙忙離開，沒有留下隻字片語。」

「沒有。」警官回答。

「那也不令人驚訝。」

「你一定累壞了。」布恩太太說。

艾克笑著回答:「這個嘛，事實上你說得沒錯，而且餓壞了。過去這十四小時，我和西奧都在公路上奔波，幾乎沒吃沒睡，至少我是這樣，西奧和愛波還能小睡片刻，那隻狗就更不用說了，睡了好幾個小時吧。早餐吃些什麼?」

「什麼都有。」布恩太太說。

「西奧，你怎麼找到愛波的?」布恩先生問，聲音中透露出藏不住的驕傲。

「爸，一言難盡啊，而且我得先去廁所。」說完西奧就咻的一下不見人影。前門開了，芬摩太太和愛波走進屋裡，兩人都淚眼汪汪，也都面帶微笑。布恩太太忍不住給愛波一個久久的擁抱，她說:「我們都很高興你回來了。」

史萊德警官對愛波自我介紹，愛波不但筋疲力竭、心神未定，突然成為眾人目光的焦點也讓她覺得很不好意思。

「孩子，很高興看到你。」史萊德說。

「謝謝你。」愛波輕聲說。

「我們可以晚點再談。」警官對芬摩太太說：「但我現在就需要跟這孩子確認一些事，大概五分鐘左右。」

「不能等等嗎？」布恩太太提出質疑，往愛波身旁走近一步。

「其他的當然可以，布恩太太，但我現在必須弄清楚一件事，之後我就會離開這裡，不會再打擾你們。」

「警官，這裡沒有人要求你離開。」布恩先生說。

「我了解。只要給我五分鐘就好。」

西奧回來後，布恩一家人都離開起居室，先去充滿香腸香味的廚房等著；芬摩太太和愛波坐在沙發上，警官拉了一張椅子過來。

他壓低聲音說：「愛波，你平安無事地回來，我們都非常高興。現在我們正在討論這算不算是綁架，我已經和你媽媽談過，也需要問你幾個問題。」

「好的。」愛波膽怯地說。

「首先，你跟著爸爸離開的時候，你是自願的嗎？還是他逼你跟他走的？」

愛波看起來很困惑，她看了媽媽一眼，媽媽卻盯著自己的靴子看。

史萊德繼續說：「如果綁架案要成立，必須證明受害者是在違背自己心意的情形下，被迫離開。」

愛波慢慢搖頭，然後說：「沒有人逼我離開，是我自己想離開的，我那時候非常害怕。」

史萊德深深吸了口氣，看著梅．芬摩，她還是在迴避眼神接觸。「好吧。」他說：「第二個問題，你是不是被強制拘留？當你想離開的時候，是不是有人不准你那麼做？綁架案中，有些比較罕見的情形是這樣，受害者一開始並沒有反對，也沒有被武力脅迫，而是自願離開的，但過了一陣子，受害者改變心意、想回家了，但抓住她的人並不允許。到了這種時候，就演變爲綁架案，你的情形是這樣嗎？」

愛波雙臂交叉在胸前，咬著牙說：「不是的，並沒有那種事。我爸一直都在撒謊，他讓我以爲他跟媽媽有保持聯絡，家裡一切都好，很快我們會回來。很快，但他沒說什麼時候，只說不會太久。我從沒想過要逃跑，但如果我想，就一定能做到，因爲沒人在看守我，我也沒有被關起來。」

警官再度深呼吸，他的綁架案愈來愈不成形了。「最後一個問題。」他說：「你有受到任何傷害嗎？」

「被我爸傷害？不，他或許滿嘴謊言，是個怪胎，也是很糟糕的父親，但他絕對不會傷害我。我從來不覺得受到威脅。我覺得孤單、害怕、困惑，但那對我來說很尋常，即使在斯托騰堡這裡也一樣。」

「愛波。」芬摩太太輕聲說。

史萊德警官起身說：「那麼，這就不是刑事案件了，應該交由民事法庭負責。」他走進廚房，謝謝布恩家的所有成員，然後離去。他走了之後，愛波和她媽媽加入了布恩一家人的行列，圍繞著廚房的桌子享用豐盛的早餐，有香腸、煎餅和炒蛋。早餐一盤盤上桌，每個人都吃了好幾口。艾克說：「史萊德等不及離開這裡，因為實在太尷尬了，警方花了四天的時間跟利浦玩遊戲，而西奧只花了兩小時，就把案子解決了。」

「西奧，你是怎麼做到的？」爸爸質問。「我要知道詳情。」

「對，我們想聽。」他媽媽高聲附和。

西奧吞了一些炒蛋，看看身邊的人，每個人也都看著他。他臉上泛起微笑，一開始是那種賊賊的笑法，漸漸綻放成大大的笑容，閃耀著牙套的金屬光澤，接著立刻將笑意傳染給每個人。已經不需要戴牙套的愛波，在一旁笑容燦爛。

再也無法遏抑，西奧開始哈哈大笑。

史萊德警官直接開車到監獄，開普蕭警官在那裡跟他碰頭，他們倆在一間小小的拘留室裡等著，而傑克．利浦則剛從睡夢中被驚醒，穿上橘色的囚衣和同色系的橡皮防水鞋，銬上手銬。他幾乎是被拖到大廳，再拖到拘留室，安置在一張金屬椅子上，而且他們並沒有移除他的手銬。

利浦的眼睛還腫腫的，鬍子也沒刮，他看著史萊德和開普蕭說：「早安，你們兩個小子今天起得還眞早。」

「利浦，那個女孩在哪？」史萊德怒吼。

「唷唷唷，所以還是要回頭問我啦，小子們這次準備好進行交易了嗎？」

「是啊，我們想跟你談筆交易，條件對你好得不得了呢，利浦。但首先，你得告訴我們那個女孩在多遠的地方，只要給我們一點線索就好，八公里？八十八公里？還是八百公里？」

聽到這個，利浦微笑了，用袖子擦擦鬍子後，咧嘴一笑說：「她大概在一百六十公里遠的地方。」

史萊德和開普蕭大笑。

「我說了什麼好笑的嗎？」

「利浦，你這個滿嘴謊話的人渣！」史萊德說：「我猜你這個人到進棺材之前，都會不停地說謊吧。」

開普蕭向前一步說：「那個女孩在家，跟她媽媽在一起，利浦。她似乎是跟著爸爸離開，這幾天到處流浪，現在她回來了，平安無事。感謝上帝，她從沒遇見你。」

「利浦，你想談交易是吧？」史萊德說：「這就是交易，我們會撤銷對你的所有指控，還會火速送你回加州的監獄，我們已經跟那邊的長官談好了，他們會專門為你這個逃犯準備一個特別牢房，戒備森嚴，讓你永遠見不著天日。」

利浦嚇得下巴都掉了，說不出話來。

史萊德對警衛人員說：「把他押回去。」

說完他和開普蕭就離開了。

星期日早晨九點整，斯托騰堡警方對媒體發布新聞稿，上面說：「今天早晨約六點，愛波．芬摩回到斯托騰堡，重回母親懷抱。她平安無事、身心健康，沒有遭受任何傷害。我們仍持續調查這個案子，將盡快偵訊愛波的父親，湯姆．芬摩。」

這個消息立刻在電視和電台播報，並延燒至網路，還有十幾家教會組織宣布這件事值得大家喝采與感恩。

整個小鎮都鬆了一口氣，大家相視而笑，感謝上帝恩賜奇蹟。

愛波錯過了這一切，因為她正在布恩家的小客房裡熟睡。她說不想回家，至少在接下來的幾個小時內不想，而且一個好心的鄰居打電話給梅．芬摩，跟她報告說房子已經完全被記者包圍了，最好等他們離開後再回去。

伍茲．布恩建議芬摩太太把她那輛招搖的交通工具停到他們家車庫裡，不然大家恐怕就會發現愛波的藏匿地點。

西奧和法官在他們樓上的房間休息，睡了好久好沉。

第22章

星期一早晨，斯托騰堡中學的學生回學校時，心裡都期待某件令人興奮的事，今天絕不會只是個尋常的星期一。自從愛波失蹤後，一朵烏雲一直懸掛在學校上空，而現在已經晴空萬里。不過幾天前，大家都以爲愛波死了，現在她回來了，不僅僅是找到她，還是他們的學生自己出手相救；正是西奧無畏地前往教堂山，將愛波從她爸爸手中救出來，這次的任務旋即成爲校內傳奇。

學生們一點也沒失望。天尚未破曉前，六輛電視台廂型車早已隨意地停在學校門口附近那片寬廣彎曲的車道上，到處都是記者，攝影記者也伺機而動，想捕捉點什麼精采畫面。這個場面讓葛萊德校長很不悅，於是她打電話報警，一場衝突就這麼爆發了。有人生氣地互相叫罵，有人威脅要開始逮捕行動，最後警方終於將媒體驅離校區，於是他們在對街架設了攝影機。發生衝突時，公車陸續抵達，很多學生親眼目睹一切。

八點十五分，鐘聲響起，導師時間開始了，卻看不見西奧和愛波的蹤影。在蒙特老師班上，雀斯．惠普對同學簡短報告他在此次搜救任務中的貢獻，大家都全神貫注地聽著。西奧在自己的臉書網頁簡略地公告事情始末，並且表示此次任務成功，雀斯功不可沒。

八點半，葛萊德校長再度召集所有八年級生，學生一排排走進禮堂，氣氛與上次集會截然不同。現在孩子們興高采烈、笑容滿面，急著想趕快看到愛波，把前幾天的驚嚇和悲痛都忘掉。西奧和愛波躡手躡腳地從學校後門溜進去，先在那附近的學生餐廳與蒙特老師碰面，再急忙趕到禮堂。同學們立刻一湧而上，老師也一一擁抱他們。

愛波感覺很焦慮，而且顯然她並不習慣成爲焦點。

對西奧而言，這是他最美好的一刻。

那天上午，瑪伽拉．布恩現身在家事法庭，呈遞請願書，請求庭上指派一名暫時的法定監護人給愛波．芬摩。任何關心當事人的安全與福利的人，都可以提出這種請願，提出時並不需要通知小孩或父母。不過除非庭上判定有充分理由，否則不會指派臨時法定監護人。

今天的法官是一位體型龐大的老先生，他有著滿頭銀色捲髮，留著白色鬍子，再加上玫瑰色的圓潤臉頰，這樣的外型讓很多人聯想到聖誕老公公。他叫作喬利法官，雖然名叫「喬利」（Jolly），有快樂的意思，但他其實是個虔誠而嚴格的人，也因爲外型和個性，全鎮的人都偷偷稱呼他爲聖尼古拉，就是聖誕老人的原型。

他坐在法官長椅上瀏覽請願書，然後對布恩太太發問：「有湯姆．芬摩的任何消息嗎？」

布恩太太的職場生涯幾乎都在家事法庭度過，和聖尼古拉也熟得不得了。她回答：「我聽說他昨晚曾打電話給他太太，好幾個星期以來，兩個人第一次通話。照理說，他將在今天下午返家。」

「不會有刑事訴訟嗎？」

「警方將此事視爲民事案件，而非刑事案件。」

「關於臨時法定監護人，你有建議人選嗎？」

「是。」

「是誰呢？」

「我。」

「你是說你請求被指派爲她的法定監護人？」

「是的，庭上。我非常了解這個狀況，我認識這個孩子和她媽媽，甚至也稍微認識她爸爸。我非常關切愛波的未來，所以願意擔任她的臨時法定監護人。」

「布恩太太，這對每個人來說，都是最好的安排。」聖尼古拉難得露出微笑。「我在此正式指派你。你有什麼計畫？」

「我希望能立即在此舉行一場聽證會，決定愛波接下來幾天的住處。」

「本庭准許，什麼時候？」

「愈快愈好，庭上。假如芬摩先生今天真的回家了，我會立刻通知他，請他出席這一場聽證會。」

「明天早上九點如何？」

「再好不過了。」

湯姆．芬摩在週一晚間返家，掠奪者樂團的巡迴結束了，這個團也玩完了。這兩個星期以來，團員之間爭執不斷，而且他們賺的錢少得可憐。此外，他們還覺得湯姆把女兒抓來帶在身邊，像是在逼著所有人一起面對他們家的爛攤子。愛波只是他們吵架的眾多主題之一，其實最大的問題在於，他們是一群中年人，早已過了在兄弟會集會所或是廉價酒吧賺錢餬口的年紀。

回到家，他太太跟他沒什麼話好說，他女兒更不用說了。她們團結起來，以這種方式抗議他的存在，但是湯姆太累了，沒力氣跟她們倆鬥。他只是走進地下室，把門鎖上，一個小時後，法院的傳票就來了，提醒他明天早上要做的第一件事。

第23章

歷經幾個小時緊張的協商之後，最後終於決定讓西奧在星期二早上可以蹺課，跟著大家一起上法庭。

一開始他父母說什麼也不肯，但後來西奧讓他們明白他可不會輕易放棄，愛波是他的朋友，他知道他們家很多事，而且他也眞的拯救了她。關於這點，西奧提醒他父母不只一次，而且愛波在各方面都很有可能需要他的支持。

布恩先生和布恩太太最後厭倦了西奧的疲勞轟炸，所以勉強答應，不過他爸爸警告他功課要寫完；他媽媽警告他，按規定他不可以進入法庭。家事法庭裡，凡兒童相關事務總是以不對外公開的方式進行。

西奧覺得自己可以迴避這條規定，要是聖尼古拉眞的把他轟出去，他也還有一個備案。轟出去這件事，發生得還滿快的。

家事法庭裡，一切的是非爭議皆由法官定奪，也就是由聖尼古拉或茱蒂・品恩法官（鎮上的人在背後稱呼這位法官為「乒乓」，斯托騰郡立法院裡，大部分法官都有一、兩個暱稱）來決定。

這裡的法庭沒有陪審團，旁聽的人也很少，因此兩個法庭的規模都比較小，尤其是與那些陪審團和觀眾聚集的大法庭相比，這裡專門處理離婚訴訟、子女監護權爭議、領養等幾十種案件，開庭時的緊張氣氛算是家常便飯。

星期二早上的開庭，氣氛的確相當緊張，西奧和布恩太太提早抵達。等候開庭時，她允許兒子坐在身旁。布恩太太細心研究所有文件，西奧在一旁用筆電閱讀重要時事。此時芬摩一家人走進法庭。

古屈先生是半退休的法律公務員大軍的一員，如今在法庭擔任法警以消磨時間，他幫忙指引湯姆．芬摩往法庭左側的位置就座；梅．芬摩則被引導走向右側的席位；愛波和布恩太太一起坐在中間，在法官席的正前方。

西奧本以為芬摩一家人一起來到法院是個好徵兆，直到後來他才知道，愛波騎腳踏車；她媽媽開黃色靈車，這次沒載那隻小猴；她爸爸說是要運動，所以步行前來。他們只是在法院前面碰面，再一起走進來。

大廳的盡頭是刑事法庭，那裡的亨利．甘崔法官偏好傳統，甚至是有點戲劇化的開庭方式，他會讓法警高呼：「請起立！」以及其他警語，讓每個人都從位子上嚇得跳起來，此時

穿著黑袍的法官再翩翩入場。西奧也喜歡這種傳統，即使感覺像是在表演也很不錯。他未來很有可能會成爲像亨利・甘崔那樣優秀的法官，屆時，西奧絕對會選擇這種比較正式的開庭儀式。

世上有什麼職業能讓一整個房間的人，在你出現時立正站好以表尊重，不論其年齡、工作或教育背景？西奧只想到三種，英國女王、美國總統，以及法官。

聖尼古拉不拘形式，他從側門走進法庭，後面跟著一位書記官。他走向法官席，坐在一張老舊的皮製搖椅上，接著環顧四周。

「早安。」他的聲音沙啞，下面傳來幾聲含糊的回應。

「你是湯姆・芬摩？」他問著，看著愛波的爸爸。

芬摩先生不情願地站起來說：「我是。」

「歡迎回家。」

「我需要律師嗎？」

「請坐。不，你不需要律師，暫時還不用。」芬摩先生帶著傻笑坐下。西奧注視著他，嘗試回想上個瘋狂的週六夜晚所看到的模樣。

他是樂團鼓手，身體局部被他的樂器遮住，看起來有點眼熟，不過當時的西奧沒空好好檢視掠奪者樂團。湯姆・芬摩長得很帥，各方面都像個體面的人，他現在穿著牛仔靴和牛仔褲，套上一件很有型的運動外套。

「而你是梅・芬摩？」聖尼古拉問，抬頭向右側示意。

「是，法官。」

「還有布恩太太，你陪同愛波出席？」

「是，長官。」

聖尼古拉瞪著台下的西奧好一會，然後說：「西奧，你在這裡做什麼？」

「愛波請我來的。」

「哦？是這樣嗎？你是證人嗎？」

「我很有可能是。」

聖尼古拉臉上泛起微笑。他的老花眼鏡掛在鼻頭，雖然這很罕見，但每當他露出笑容，他的眼睛就會閃閃發光，看起來像極了聖誕老公公。「你也可以是律師、法警或書記官，不是嗎，西奧？」

「我想是這樣沒錯。」

「你也可以是裁定案件的法官，不是嗎？」

「也有可能。」

「布恩太太，你有任何合法的理由，讓你兒子出席這場聽證會嗎？」

「其實並沒有。」

「西奧，上學去。」

法警向西奧走近一步，然後朝著門揮手示意。西奧拿起背包說：「謝謝媽。」他也對愛波耳語：「我們學校見。」隨即轉身離去。

但事實上，西奧的計畫並不是去學校，他把背包留在法庭外的長椅上，跑到樓下的販賣部，買了一杯大杯的汽水，再跑上樓，趁沒人留意時，讓紙杯落在閃亮的大理石地板上，冰塊和汽水潑灑出來，迅速蔓延成一圈水池。西奧毫不猶豫，小跑步到大廳盡頭，經過家事法庭再轉彎，那裡有個小房間，被當作工具間和儲藏室，也是快杰．柯伯先生打盹的好地方，這位先生是斯托騰郡歷史上最資深、動作最慢的工友。跟西奧猜的一樣，快杰在那裡休息，想必是要在辛苦的一天開跑前，先抓緊時間小睡片刻。

「快杰，我不小心把飲料灑在大廳了，弄得一團糟！」西奧十萬火急地說。

「哈囉，西奧，你在這裡做什麼？」每次看到西奧，他都問一樣的問題。快杰緩緩地站起來，伸手去拿拖把。

「只是隨便晃晃。眞的很對不起啊。」西奧說。

拿著拖把和水桶，快杰終於往大廳方向前進，他抓抓下巴，檢視那一大灘飲料，彷彿這個任務會耗上好幾個小時，而且需要高超技巧才能完成。西奧看了他幾秒後，就退到快杰打盹的小房間，這個擁擠又髒亂的小房間隔壁，是一個較大的房間，用來儲存各種物資。西奧快手快腳地爬上架子，經過一堆紙巾、衛生紙和清潔劑，在這些架子上方有個黑暗狹窄的空間，通風孔的位置就在那裡，在通風孔下方約四、五公尺的地方，就是聖尼古拉的桌子。在這個只有西奧知道的祕密小空間，他什麼也看不到。

但是，他什麼都聽得到。

第24章

聖尼古拉正在說：「今天我們要處理愛波．芬摩臨時住所的議題，不是法定監護權，只是住處的安排。我手上有一份社會服務處提供的初步報告，上面建議提供愛波中途照顧，一直到其他問題獲得解決。所謂的其他問題，可能包括，請注意我是說『可能』，包括父母的離婚訴訟、父親的刑事訴訟、雙親的精神狀態評估等等。我們無法預期未來的各種法律爭議，今天的議程就是決定愛波在父母重建生活秩序前，應該在哪裡生活。初步報告的結論是，愛波在家並不安全。布恩太太，你抽空讀過這篇報告了嗎？」

「是的，庭上。」

「你同意這個觀點嗎？」

「部分同意，庭上。昨天晚上，愛波在家，父母也都在，所以她覺得很安全；前天晚上，愛波在家，她媽媽也在，所以她也覺得很安全；但上禮拜，星期一和星期二兩個晚上，她一個人在家，而且完全不知道父母在哪裡，一直到週二午夜，她爸爸出現了，當時愛波一個人在家嚇壞了，所以決定跟著爸爸離開。好，現在我們都很清楚後來的故事發展。愛波想要和父母一起住在家裡，但我不能確定她的父母是否也想在家陪她。庭上，或許我們應該聽聽她父母的說法。」

「的確是如此。芬摩先生，你接下來的計畫是什麼？你會留下來，或是離家？你會再次跟著你的搖滾樂團巡迴演出？還是要放棄？想找個固定工作，還是要繼續四處漂流？要正式提出離婚申請，還是要尋求專家協助？芬摩先生，請給我們一點線索，讓我們知道可以期待你去做什麼。」

湯姆．芬摩在猛烈的砲火攻擊下，身子壓得更低了。他沉默了很長一段時間，每個人都在等待他的回答，但等了好一陣子，他似乎並沒有意思做任何回應。最後他終於開口，聲音粗糙沙啞。「法官，我不知道，我眞的不知道。上禮拜我帶愛波離開，是因爲她非常害怕，而且我們都不知道梅在哪裡。離開以後，我也打了好幾次電話，一直沒人接，後來隨著時間過去，我猜我就放棄了。我從來沒想過整個斯托騰堡的人都在找愛波，以爲她被綁架，甚至被殺害了。我犯了很嚴重的錯誤，眞的很抱歉。」

他擦擦眼睛，清清喉嚨，繼續說：「我想搖滾樂團巡迴已經結束了，對啊，那就像是一條不歸路。法官，我在這邊回答你的問題，我計畫多待在家裡，我想多花點時間和愛波在一起，但我不確定自己想不想跟她媽媽在一起。」

「你們兩個討論過離婚的事嗎？」

「法官，我們已經結婚超過二十四年，但其實從婚禮過後的第二個月，我們就分居了一次。我們一直在討論離婚這件事。」

「這份報告說，愛波應該離開這個家，到其他安全的地方生活，你的看法如何？」

「拜託，請不要這麼做，法官，我會待在家，我保證。我不知道梅會不會這麼做，但是我可以對您保證，我們當中至少會有一個在家照顧愛波。」

「芬摩先生，這樣聽起來是不錯，但老實說，現在你的信用並不是很好。」

「我知道，法官，我也了解，可是請不要把愛波帶走。」他再度拭淚，然後沉默不語。聖尼古拉等了一會，轉向法庭另一側問：「那你呢？」

梅．芬摩兩手都拿著面紙，看起來像是已經哭了很多天。她先是喃喃自語、結結巴巴，最後終於開口：「法官，或許那不是一個很棒的家，我想這一點很明顯，但那是我們的家啊，是愛波的家，她的房間在這兒，她的衣服、書和東西都在這兒，也許她爸媽不一定都在，但我們會改進的。你們不能把愛波從家裡帶走，丟到陌生人家裡，請不要那樣做。」

「那你的計畫呢，芬摩太太？跟以前差不多，還是你打算做些改變？」

梅．芬摩從檔案夾裡拿出文件，遞給法警，再轉交給法官、芬摩先生和布恩太太。「這是我的心理醫生寫的信，解釋我目前在接受他的諮商，而且他覺得我的情況很樂觀。」

每個人都讀了那封信。儘管上面都是些醫療名詞，重點是梅有情緒困擾，爲了解決這個問題，她卻不小心把各種沒貼標籤的處方藥混在一起。她繼續說：「他讓我用門診病人的身分參與一個復原療程，每天早上八點我都會接受檢測。」

「這個療程什麼時候會開始？」聖尼古拉問。

「上個禮拜，愛波失蹤後，我就開始看心理醫生，現在已經好多了，我保證，庭上。」

聖尼古拉放下信，看著愛波說：「我想聽你說。」他露出一個溫暖的笑容。「愛波，你是怎麼想的？你希望怎麼做？」

愛波的聲音聽起來比她父母都來得堅強。「是，法官，我想要的是不可能的，我想要每個孩子都想要的，一個正常的家庭和家人，但那並不是我能擁有的。我們家並不正常，我也已經學著接受這件事，我哥哥和姊姊也是，他們都已經盡早離開這個家，在外面也過得不錯。他們可以生存，那我也可以，我只需要一點點幫助。我需要的父親，不會不說一聲就離家一個月，而且音訊全無；我需要會保護我的母親。只要他們不要逃走，我就能應付那一堆瘋狂的事。」她似乎快哭出來了，但還是決心要把話說完。「只要年紀一到，我也會離開，但在那之前，請不要拋棄我。」

她看著爸爸，他臉上滿是淚水；她看著媽媽，媽媽也一樣。

聖尼古拉看著律師說：「布恩太太，你身爲愛波的監護人，有任何建議嗎？」

「我有個建議，庭上，而且還有個計畫。」瑪伽拉．布恩說。

「我並不驚訝，請說。」

「我建議愛波今天和明天晚上還是待在家裡，然後以每天晚上為單位，如果她父母當中任一人晚上要出門，必須事先通知我，而我會通知法庭。此外，我建議這對父母立刻開始接受婚姻諮商，在此推薦法蘭辛．史崔特醫生，我認為她是這行最優秀的一位，而我也已經自作主張，預約了今天下午五點的門診，史崔特醫生會讓我知道他們的狀況。如果他們當中一人未能赴約，我也會馬上得到通知，另外，我也會聯絡芬摩太太的心理醫生，要求了解她的療程狀況。」

聖尼古拉摸著鬍子，對著布恩太太點點頭說：「我喜歡這個主意。」他說：「你呢，芬摩先生？」

「聽起來很合理，庭上。」

「那你呢，芬摩太太？」

「我什麼都同意，法官，只要別把愛波從我身邊帶走。」

「那我就這麼決定了。布恩太太，還有什麼要補充嗎？」

「是，庭上。我幫愛波辦了一支手機，如果有什麼事情發生，如果她覺得受到威脅或感到害怕，可以立刻打電話給我。如果我剛好不在，她可以打給我的法律助理，或是法院裡的某個人。不用說，我相信她一定能隨時找到西奧。」

聖尼古拉想了一秒，微笑著說：「我也相信，西奧一定能找到她。」

法庭上方四、五公尺處，在斯托騰郡立法院的這個幽暗角落，西奧自顧自地微笑著。聽證會結束了。

快杰回來了，拖著腳步走進這個擁擠的房間，一面喃喃自語，一面把拖把放好，還不小心踢了水桶一腳。西奧被困在上面，他現在眞的很想離開這棟建築，飛奔到學校。他等啊等的，時間分分秒秒過去，終於聽到熟悉的鼾聲，快杰再度進入夢鄉。西奧輕手輕腳地從架子爬下來，安全降落到地面。快杰在他最愛的椅子上昏睡著，帽子蓋住眼睛，嘴巴開開的，對這個世界一無所覺。西奧悄悄從他身邊走開，展開他的逃亡之旅。他匆忙走到大廳另一端，幾乎就要到樓梯口了，卻聽到有人喊他的名字。原來是亨利．甘崔，在整個法院裡，西奧最喜歡的法官。

「西奧！」他大聲呼喚。

西奧停下腳步，轉身走向法官。

亨利．甘崔面無表情，不過那本來就是他的一號表情。甘崔法官今天沒穿黑袍，倒是拿著厚厚一落不知道是什麼文件的檔案夾。「你爲什麼沒去上學？」他質問。

西奧爲了旁聽審判，逃學或蹺課不只一兩次，而且至少有兩次在法庭裡被逮個正著。「我剛剛和我媽媽一起出庭。」他說的話，有一部分是真的。西奧抬頭看著甘雀法官，法官也低頭看著他。

「不會是和愛波．芬摩有關的案子吧？」他問。斯托騰堡不是座大城市，這裡幾乎沒有祕密，尤其是在律師、法官和警方之間。

「是的，法官。」

「我聽說你找到那個女孩，還親自把她帶回來。」甘崔法官臉上露出微微的笑意。

「差不多是那樣。」西奧謙虛地說。

「做得好，西奧。」

「謝謝。」

「只是想跟你說一聲，我重新排定了達菲案的開庭日期，大約在六週以後，我猜你會想要前排的座位。」

西奧高興得說不出話來，彼得．達菲涉嫌的謀殺案是斯托騰堡歷史上最轟動的審判，而拜西奧之賜，甘崔法官最後宣告審判無效。第二次的審判保證會更加懸疑精采。

西奧最後說：「當然好啦，法官。」

「我們晚點再來談這件事。去上學吧。」

「沒問題。」

西奧蹦蹦跳跳下了樓梯，再跳上腳踏車，迅速離開法院。

他和愛波有個午餐約會，他們計畫在學校餐廳外面碰頭，偷偷溜到體育館舊大樓躲著，在那裡沒有人能找得到他們。布恩太太準備了素食三明治，那是愛波最喜歡的，也是西奧最不喜歡的，還有奶油花生口味的餅乾。

西奧想親耳聆聽這次綁架案的所有細節。

西奧律師事務所 2
消失的四月

文 / 約翰・葛里遜　譯 / 蔡忠琦

執行編輯 / 林孜懃　特約編輯 / 陳采瑛
美術設計 / 唐壽南　行銷企劃 / 陳佳美
出版一部總監 / 王明雪

發行人 / 王榮文
出版發行 / 遠流出版事業股份有限公司 104005台北市中山北路一段11號13樓
電話：(02)2571-0297 傳眞：(02)2571-0197 郵撥：0189456-1
著作權顧問 / 蕭雄淋律師
輸出印刷 / 中原造像股份有限公司
□ 2011年12月 1 日 初版一刷
□ 2022年 7 月25日 初版十四刷

定價 / 新台幣250元 (缺頁或破損的書，請寄回更換)

ISBN 978-957-32-6883-3
遠流博識網 http://www.ylib.com　E-mail:ylib@ylib.com

THEODORE BOONE: THE ABDUCTION
By John Grisham

國家圖書館出版品預行編目資料

西奧律師事務所：消失的四月／約翰・葛里遜（John Grisham）文；蔡忠琦譯. -- 初版. --臺北市：遠流, 2011.12

面；　公分.（西奧律師事務所；2）

譯自：Theodore Boone: the abduction

ISBN 978-957-32-6883-3(平裝)

874.59　　100020697